RILY

RILY.CO.UK

Ewch i'n gwefan i weld gwledd o lyfrau

Hefyd ar gael:
Dyddiadur Dripsyn
Dyddiadur Dripsyn 2: Y Brawd Mawr
Dyddiadur Dripsyn 3: Syniad Dwl Dad
Dyddiadur Dripsyn 4: Haf Braf
Dyddiadur Dripsyn 5: Poenau Prifio
Dyddiadur Dripsyn 6: Storm Eira
Dyddiadur Dripsyn 7: Y Gwsberan

DYDDIADUR

Dripsyn

HEN DRO!

gan Jeff Kinney

addasiad Owain Siôn

Dyddiadur Dripsyn 8: Hen Dro!

ISBN 978-1-84967-051-7

Cyhoeddwyd gan Rily Publications Ltd.
Blwch Post 257, Caerffili CF83 9FL

Addasiad Cymraeg gan Owain Siôn
Hawlfraint yr addasiad ©Rily Publications Ltd, 2018

Cynllun llyfru gan Jeff Kinney
Cynllun clawr gan Chad W. Beckerman a Jeff Kinney

Argraffwyd a rhwymwyd ym Mhrydain
gan CPI Cox & Wyman Ltd, Reading, Berkshire, RG1 8EX

Dymuna'r cyhoeddwyr gydnabod cymorth ariannol Cyngor Llyfrau Cymru

RILY

rily.co.uk

I CHARLIE

MAWRTH

<u>Dydd Llun</u>

Mae Mam wastad yn deud y bydd ffrindiau'n mynd a dod ond y bydd teulu yno am byth. Wel, os ydy hynny'n wir, mae hi wedi canu arna i.

Dw i'n caru fy nheulu, ond dwi'm yn siŵr y dylan ni fod yn BYW efo'n gilydd. Falla y bydd petha'n haws yn y dyfodol pan fyddwn ni'n byw ar wahân mewn tai gwahanol ac ond yn gweld ein gilydd ar achlysuron arbennig, ond ar hyn o bryd mae petha'n anodd iawn.

Dwi'n synnu bod Mam yn pregethu'i neges "deuluol", achos dydy hi a'i chwiorydd ddim yn gwneud fawr ddim efo'i gilydd. Falla'i bod hi'n meddwl y bydd petha'n wahanol rhyngdda i a fy mrodyr os gwneith hi ailadrodd digon ar ei phregeth. Ond taswn i'n hi, faswn i'm yn codi 'ngobeithion.

Dwi'n meddwl mai trio gwneud i mi deimlo'n well am fy sefyllfa i a Roli y mae hi. Ers i Roli symud i fyw i'r ardal, fo ydy fy ffrind gora i 'di bod, ond mae petha wedi newid yn ddiweddar.

A'r cwbl oherwydd HOGAN.

Coelia di fi, y person dwytha ro'n i'n disgwyl iddo fo ffendio cariad oedd ROLI.

Ro'n i wedi meddwl mai FI fasa'r un mewn perthynas ac mai Roli fasa'r un y bydda pawb yn teimlo bechod drosto fo.

Mae'n siŵr y dylwn i longyfarch Roli am ddod o hyd i hogan sy'n ei licio fo. Ond does 'na'm rhaid i mi fod yn HAPUS am y peth.

Yn y dyddiad da rheiny, dim ond fi a Roli oedd, ac ro'n ni'n gwneud popeth efo'n gilydd. Os oeddan ni'n teimlo fatha chwythu swigod yn ein diodydd amser cinio, ro'n ni'n gwneud.

Ond ers i hogan ddod i'n canol ni, mae petha'n HOLLOL wahanol.

Lle bynnag mae Roli, dyna lle bydd Alaw hefyd. Ac os NAD ydy hi yno, mae'n TEIMLO fel tasa hi. Mi wnes i wahodd Roli draw y penwythnos dwytha fel ein bod ni'n dau'n gallu treulio amser efo'n gilydd, ond ar ôl rhyw ddwyawr mi rois i'r ffidil yn y to.

Ac os ydy'r ddau ohonyn nhw'n yr un lle ar yr un pryd maen nhw'n WAETH. Ers i Roli ac Alaw fod yn gariadon, does ganddo fo ddim BARN ei hun bellach.

> BE OEDDAT TI'N EI FEDDWL O'R FFILM?

> DOEDDEN NI DDIM YN EI HOFFI!

Ro'n i'n gobeithio y basa hyn wedi hen ddarfod erbyn hyn ac y basa petha yn ôl fatha ro'n nhw, ond does dim arwydd y bydd hynny'n digwydd.

> NAW-DIWRNOD-A-HANNER-O-BERTHYNAS HAPUS!

Mae petha wedi mynd yn rhy bell YN BAROD.
Dwi 'di sylwi ar newidiada bychain yn Roli,
fatha'r ffordd mae o'n gwneud ei wallt, a'r dillad
mae o'n eu gwisgo. Ac, mi fetia i BUNT mai
Alaw sydd wrth wraidd hyn i gyd.

Ond FI sy 'di bod yn ffrindia efo Roli am yr holl
flynyddoedd, felly os oes gan unrhyw un yr hawl i
newid y ffordd mae o'n edrych, FI ydy hwnnw.

Dwim yn dallt sut y galli di fod yn ffrindia gora
efo rhywun un funud ac yna cael dy anwybyddu'n
llwyr y funud nesa. Ond dyna sy wedi digwydd.

Dros y gaea, mi wnes i a Roli rewi peli eira yn y
rhewgell er mwyn cael ffeit peli eira pan fydda hi
wedi c'nesu.

Wel, ddoe oedd y diwrnod braf cynta ers misoedd,
ond pan es i draw i dŷ Roli roedd o'n ymddwyn
fatha tasa fo uwchlaw chwara efo fi.

Cris croes tân poeth, dwi 'di bod yn glên efo
Alaw, ond dydy HI ddim yn fy licio i. Byth ers
iddyn nhw ddod yn gariadon, mae hi wedi bod yn
trio fy ngwthio i a Roli ar wahân.

Ond bob tro dwi'n trio codi'r pwnc efo Roli, yr un ydy'r ateb dwi'n ei gael ganddo fo bob tro.

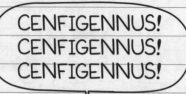

Mi faswn i wrth fy modd yn rhoi pryd o dafod i Roli, ond fedra i DDIM achos dwi'n dibynnu arno fo i wneud yn dda yn yr ysgol 'leni.

Mr Blakey sy'n dysgu Saesneg i mi, ac mae o'n ein gorfodi ni i sgwennu'n traethoda mewn sgwennu sownd. Ond mae sgwennu'n sownd yn gwneud i fy llaw i frifo, felly dwi 'di bod yn talu un fisged y dudalen i Roli am sgwennu drosta i.

Ac os bydd yn rhaid i fi ddechra sgwennu 'nhraethoda fy HUN fydd y llawysgrifen ddim yr un fath ag o'r blaen, a bydd Mr Blakey yn siŵr o sylwi.

Felly mi fydd yn rhaid i fi ddal i ddiodda Roli, hyd nes y galla i ddod o hyd i rywun sydd â'r un llawysgrifen ag o ac sy'n hoff iawn o bob math o fisgedi.

Ond nid y gwaith cartref Saesneg ydy'r broblem fwya, ond y daith i'r ysgol. Ro'n i a Roli yn arfer cerdded efo'n gilydd i'r ysgol bob bora, ond rŵan mae Roli'n mynd heibio Alaw er mwyn gallu cydgerdded efo HI.

Ac mae hyn yn broblem am FWY NAG UN rheswm. Yn gynta, Roli sy'n arfer cadw llygad am faw ci ar y palmant. Ac mae'r trefniant yma wedi arbed fy sgidia i SAWL gwaith.

Mae 'na un ci sy'n ysu am fy ngwaed i a Roli, ac mae'n rhaid i ni fod ar ein gwyliadwriaeth bob tro rydan ni'n pasio'r tŷ. Rotweiler ffyrnig o'r enw Rebel ydy o, ac mi oedd o'n arfer dianc dros y ffens a rhedeg ar ein holau ni i'r ysgol.

Gosododd perchennog Rebel ffens drydan er mwyn gwneud yn siŵr nad oedd o'n dianc. All Rebel ddim rhedeg ar ein hôl ni bellach, neu mi fydd o'n cael sioc drydanol drwy'i goler.

Byth ers i mi a Roli ddod i wybod am goler drydan Rebel, rydan ni 'di bod yn chwara tricia arno fo.

Ond mae Rebel wedi dallt na cheith o sioc drydanol oni bai fod ei GOLER o'n mynd y tu hwnt i ffiniau'r ardd.

A tasa Roli ddim yna i gadw llygad, mi faswn
'n siŵr o fod wedi camu yn un o lwythi drewllyd
Rebel erbyn hyn.

GOFALUS!
GOFALUS!

Rheswm arall pam nad ydy hi'n deg bod Roli ddim
yn cerdded efo fi ydy bod athrawon yn gosod
mwy a mwy o waith cartref yn ddiweddar.

Mae hynny'n golygu bod yn rhaid i mi gario fy
llyfra i gyd adra efo fi bob dydd.

Dydy 'nghorff i ddim 'di cael ei greu i gario llwyth
fel 'na, ond mae Roli fel anifail o gry', ac felly
dydy o ddim problem iddo fo.

Yn anffodus, mae Roli'n helpu Alaw i gario'i llyfra HI, a dwi'n ama ma'r unig reswm mae hi'n gariad iddo fo ydy er mwyn CYMRYD MANTAIS ohono fo.

Ac, fatha ffrind da i Roli, dwi'n meddwl bod hynny'n annheg.

<u>Dydd Iau</u>

Mi ddes i o hyd i ateb i'r broblem cario llyfra. Bora 'ma mi wnes i fenthyg y ces-dillad-ar-olwynion gan Dad, a doedd cario fy holl sdwff i'r ysgol yn ddim problem.

Chymrodd hi'm llawer o amser chwaith, ond mae hynny'n rhannol oherwydd 'mod i wedi cerdded yn gynt wrth fynd heibio tŷ Mr Sandall.

Cyn pob storm eira, mae Mr Sandall yn gosod polion bob ochr i'r dreif fel bod y dyn clirio eira'n gallu gweld lle mae'r tarmac.

Y tro dwytha y gwnaeth hi fwrw eira, mi dynnais i a Rowli'r polion o'r ddaear a dechra chwara o gwmpas efo nhw.

Ond mae'n rhaid na wnaethon ni osod y polion yn ôl yn y llefydd cywir, achos pan ddaeth y dyn clirio eira i glirio dreif Mr Sandall, mi wnaeth o lanast mawr.

Mae Mr Sandall wedi bod yn disgwyl am ei gyfle i 'nal i a Roli o flaen ei dŷ, ond dwi'm yn barod am y sgwrs yna eto. YN ENWEDIG ar fy mhen fy hun.

Ond nid Mr Sandall ydy'r UNIG beth peryglus rhyngdda i a'r ysgol.

Ers iddyn nhw ddechra gwneud gwaith ar stryd Nain, rydan ni'n gorfod cerdded llwybr gwahanol adra. Ac mae hynny'n golygu gorfod mynd heibio'r goedwig lle mae plant y teulu Mingo'n chwara.

Dwi'm yn gwybod llawer am y Mingos. Welis i erioed yr un ohonyn nhw yn yr ysgol, felly mae'n ddigon posib eu bod nhw'n byw yn y goedwig fel anifeiliaid gwyllt.

Dwi'm hyd yn oed yn gwybod a oes ganddyn nhw rieni neu oedolion i ofalu amdanyn nhw. Dwi 'di clywed mai hogyn o'r enw Mecli ydy eu harweinydd nhw. Mae o'n gwisgo fest a belt â bwcwl metal anferth ar ei drowsus.

MECLI MINGO

Un tro, mi es i a Rolín rhy agos i'r goedwig ac mi ddaeth un o blant y Mingos aton ni i roi gwybod hynny.

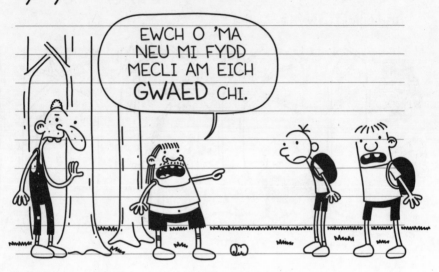

Mi oedd meddwl am Meclín defnyddio'i felt yn f'erbyn i yn ddigon i godi ofn arna i.

A gan 'mod i bellach yn cerdded adra ar fy mhen fy hun, dwi'n croesi'r ffordd wrth i mi fynd heibio coedwig y Mingos. Ond yn anffodus, does 'na ddim palmant ar ochr arall y stryd, a dydy hynny'n gwneud dim lles i ges-dillad-ar-olwynion Dad.

Mae Mam wedi sylwi nad ydw i a Rol'n treulio amser efo'n gilydd. Mae hi'n deud na ddylwn i boeni rhyw lawer gan nad ydy cyfeillgarwch rhwng plant yn para'n hir, ac y basan ni'n siŵr o fod wedi tyfu ar wahân ymhen hir a hwyr.

Wel, dw'in gobeithio nad ydy hynny'n hollol wir. Dw'in meddwl ei bod hi'n bwysig cadw cyfeillgarwch ffrindia bora oes fel y byddan nhw, ymhen blynyddoedd, yn gallu gwerthfawrogi fy llwyddiant i.

Ond dwi'm yn meddwl bod Mam yn gymwys i roi
cyngor i mi – mae cyfeillgarwch rhwng hogia'n
HOLLOL wahanol i gyfeillgarwch rhwng genod.
A dwi'n gwybod hyn achos dwi 'di darllen pob llyfr
yn y gyfres Clwb Cysgu Cŵl.

Cyn i ti chwerthin am fy mhen i am ddarllen llyfra
GENOD, gad i mi egluro mai drwy ddamwain y
dechreuais i eu darllen nhw. Un tro, ro'n i wedi
anghofio dod â llyfr efo fi i'w ddarllen yn dawel
yn ystod cyfnod cofrestru, a'r unig lyfr oedd gan
yr athrawes oedd un Clwb Cysgu Cŵl. Ac unwaith
rwyt ti wedi darllen un, fedri di ddim stopio.

Dwi'n siŵr bod 'na dros gant o lyfra yn y gyfres. Roedd y tri deg cynta yn reit dda, ond ar ôl hynny dwi'n meddwl bod yr awdur wedi cael trafferth meddwl am syniada.

Beth bynnag, yn y llyfra Clwb Cysgu Cŵl mae dwy ffrind sy'n ffraeo efo'i gilydd am y petha lleia.

Ond ymhen hir a hwyr, mae popeth yn tawelu ac mae'r genod yn dod o hyd i wir ystyr cyfeillgarwch.

A dyna blot pob un o'r llyfra yn y gyfres Clwb Cysgu Cŵl. Wel, falla mai dyna sut mae petha efo GENOD, ond coelia di fi, NID dyna sut mae petha rhwng HOGIA.

I hogia, mae petha'n llai cymhleth. Er enghraifft, os ydy hogyn yn torri rhwbath sydd pia hogyn arall, a hynny'n ddamweiniol, ymhen pum eiliad mi fydd pawb wedi anghofio am y peth ac wedi symud ymlaen.

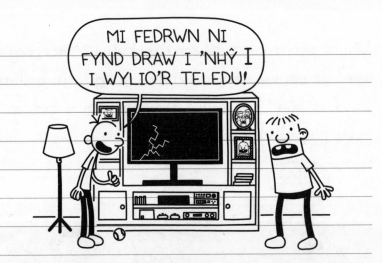

Wh i ddim a ydy hynny'n golygu bod hogia'n llai soffistigedig na genod, ond dwi YN gwybod bod ein ffordd ni o wneud petha'n arbed cymaint o amser ac egni.

Dydd Gwener
Mae'n gas gen i gyfadda, ond mae'r hyn ddudodd Mam amdana i a Roli'n dechra dod yn wir.

Ers i Alaw a Roli ddod yn gariadon, mae Alaw wedi bod yn dod i isda ar fwrdd yr hogia i fwyta'i chinio. Dwi 'di sôn yn barod nad ydy hi'n licio pobl sy'n chwythu swigod i'w diodydd, ond mae 'na lwyth o betha ERAILL nad ydy hi'n hoff ohonyn nhw chwaith.

Un o'r petha ydy'r Rheol-Pum-Eiliad. Mae'r hogia sydd ar ein bwrdd ni'n cytuno, os wyt ti'n gollwng bwyd ar lawr, cyn belled â dy fod di'n ei godi o fewn pum eiliad mae'n hollol iawn i ti ei fwyta.

Mae 'na newid bach wedi'i gyflwyno i'r rheol yn ddiweddar – cei di godi darn o fwyd oddi ar y llawr hyd yn oed os nad CHDI oedd yr un a OLLYNGODD y bwyd yn y lle cynta. Dwi 'di colli dwy fisged siocled wythnos yma.

Ond mae'r rheol newydd wedi achosi problema eraill. Amser cinio ddoe, mi fwytodd Ffred Huws ddarn o ham oddi ar y llawr. Roedd o'n meddwl mai Carl Dafydd oedd wedi'i ollwng o. Ond pwy bynnag oedd yn bwyta wrth y bwrdd o'n BLAENA ni wnaeth.

Falla'i fod o wedi bod yno ers amser EGWYL hyd yn oed. Mi ddechreuodd Ffred deimlo'n sâl ac mi dreuliodd weddill y dydd yn stafell y nyrs.

Dwi'm yn meddwl bod y Rheol-Pum-Eiliad yn bodoli wrth y bwrdd lle roedd Alaw'n arfer bwyta'i chinio, nac wrth unrhyw fyrdda genod ERAILL, mae'n siŵr. Ac mi fetia i nad ydyn nhw'n cael Diwrnod Sgraps Sglodion chwaith.

Bob dydd Gwener mae'r ffreutur yn gweini byrgyrs, ond mae'r cig bron yn llwyd ac yn blasu fatha lledr. HEFYD, maen nhw wedi dechra gweini tsips tatws-melys yn hytrach na tsips arferol.

Ond bob dydd Gwener, mae mam Tiago Smith sy'n gweithio rhan-amser yn y llyfrgell yn dod â byrgyr caws a tsips iddo fo o'r siop rownd y gornel.

Mae Tiago'n bwyta'i tsips o, ond yn gadael i'r gweddill ohonon ni gael unrhyw sgraps sy 'di syrthio i mewn i'r bag papur. Ac mae aml i ffeit wedi dechra dros ambell tsipsan oer.

Mi benderfynon ni mai'r unig ffordd o osgoi anaf
oedd rhannu'r tsips yn deg, felly mi ofynnon ni i
Aled ab Alwyn fod yn gyfrifol am eu rhannu nhw'n
gyfartal.

Mae'r gweddill ohonon ni'n cadw llygad barcud ar
Aled rhag ofn iddo fo roi mwy o'r sgraps iddo'i hun.

SLEIS

Mae rhain eu bwyta nhw i gyd ar unwaith, ond
dw i'n eu cnoi nhw'n ara' deg fel eu bod nhw'n para.

Ond waeth faint o sgraps tsips a gawn ni, dydyn
nhw byth yn ddigon. Heddiw, dim ond TAIR
tsipsan oedd yn y bag rhwng deg ohonon ni.

Felly, mi ddechreuodd ambell un dalu deg ceiniog y tro i Tiago am gael ogleuo'r tsips ar ei wynt o. A dwi'n meddwl mai dyna pryd y penderfynodd Alaw chwilio am rwla arall i isda.

Pan symudodd Alaw i fwrdd arall, mi aeth â Roli i'w chanlyn. A dwi'n hollol fodlon efo hynny – mae'n golygu y cawn ni i gyd fwy o sgraps tsips.

Mi symudodd Alaw a Roli i'r Bwrdd Cariadon, a dyna'r unig le yn y ffreutur lle mae digonedd o le i isda. Ar ôl y ddawns San Ffolant, doedd dim llawer o gypla ar ôl yn ein blwyddyn ni, felly chafodd Roli ac Alaw fawr o drafferth dod o hyd i rwla i isda.

Y rheswm pam mae'r cypla yn cael bwrdd cyfan iddyn nhw'u hunain ydy am nad oes neb arall yn gallu stumogi bod o'u cwmpas nhw. Does 'na'm digon o bres yn y byd i mi isda a gwylio Alaw'n bwydo pwdin Roli iddo fo bob dydd.

Yr EILIAD y symudodd Roli ac Alaw o'n bwrdd ni, roedd 'na ddau hogyn arall wedi cymryd eu lle. Does 'na'm digon o seddi yn y ffreutur ar gyfer yr holl blant yn ystod amser cinio, felly mae pobl yn ciwio i gael lle.

Os na chest ti sedd ar dy ddiwrnod cynta nôl ym mis Medi, mae hi 'di canu arnat ti. Mae'n siŵr y bydd ambell blentyn yn DAL i ddisgwyl am sedd ar ddiwrnod ola'r tymor.

Dwi'n teimlo'n lwcus bod gen i sedd, achos mae'r bobl hynny sydd heb lwyddo i gael un yn gorfod isda yn lle bynnag mae 'na le.

Mae'r rhai sy'n disgwyl yng nghanol y ciw wedi hen anobeithio, felly mae ambell un sy'n agosach at y blaen wedi dechra gwerthu eu lle i'r rhai y tu ôl. Mi glywis i fod Bradley Connor wedi gwerthu safle 15 i Glyn Harris, oedd union y tu ôl iddo fo yn y ciw, am bumpunt a brechdan wy.

Yn anffodus, y ddau ym mlaen y ciw oedd Erwan
Dafydd a'i efaill, Aeron, a nhw gymrodd seti Alaw
a Roli wrth y bwrdd. Roedd gan Erwan ac Aeron
wers Add Gorff cyn cinio, ac mae'r ddau'n esgus
cael cawod cyn newid, yn union fel dwi'n ei wneud.

Er 'mod i'n isda wrth y bwrdd efo criw o hogia,
faswn i byth yn galw 'run ohonyn nhw'n FFRIND
i mi. Pan fyddwn ni'n mynd allan ar yr iard, mi
fyddwn ni i gyd yn chwalu i gyfeiriada gwahanol.

Ro'n i'n ARFER treulio fy amser ar yr iard efo
Roli, ond nid bellach. Mae'n amser i mi fentro allan
ar fy mhen fy hun, ond y broblem ydy does gen
i'm syniad lle y dylwn i fynd.

Mae'n rhaid i mi fod yn ofalus rhag dod ar draws
rhai plant penodol ar yr iard.

'Chydig flynyddoedd yn ôl cafodd plant fy nosbarth i wahoddiad i 'mharti pen-blwydd, ond roedd Mam yn meddwl bod gen i ddigon o degana ac mi ddudodd hi hynny ar y gwahoddiad ei hun.

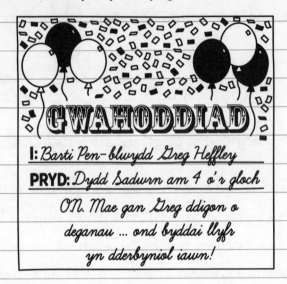

Fel arfer, pan mae'n amser agor presanta yn dy barti pen-blwydd, mae pawb yn genfigennus. Ond yn fy mharti I roedd pawb yn teimlo bechod drosta i.

Yn anffodus, profodd syniad Mam yn boblogaidd efo mamau ERAILL hefyd, a rŵan mae'n rhaid i mi fod yn ofalus os ydw i'n gweld plentyn yn cerdded o gwmpas y coridora'n cario llyfr newydd.

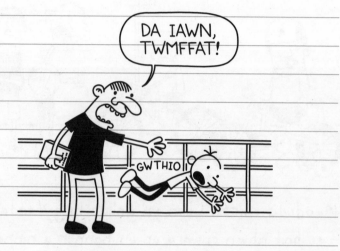

A dyna i ti Llion Emyr a'i griw O. Yr haf dwytha mi es i i drwbwl efo nhw, ac mae 'na rhyw hen ddrwgdeimlad wedi bod rhyngon ni ers hynny.

Un diwrnod yn ystod y gwylia ro'n i a Roli wedi mynd i reidio'n beicia ar gwrt pêl-fasged yr ysgol, ond mi gyrhaeddodd Llion Emyr a'i griw yn syth ar ein holau ni.

Mi ddudon nhw wrthon ni am adael er mwyn iddyn nhw fedru chwara pêl-fasged.

Mi ddudis i wrth Llion yn gallan ni gyfaddawdu - eu bod nhw'n chwara ar un hanner a ninna'n reidio'n beicia ar yr hanner arall. Doedd o DDIM yn licio'r syniad felly mi gawson ni'n hel o'na.

Ar y ffordd adra ro'n i'n gandryll efo fi fy hun am ildio mor hawdd, ac ro'n i isio GWNEUD rhwbath am y sefyllfa. 'Chydig ddyddia wedyn mi ofynnodd Mam a oedd gen i ddiddordeb ymuno ag "Academi Hyfforddi Archarwyr". Dangosodd hi'r pamffled i mi, ac mi gytunais i'n syth.

Fedrwn im DISGWYL i gael fy nysgu yn yr Academi Hyfforddi Archarwyr er mwyn cael dysgu gwers i Llion a'i griw.

Cafodd Roli'i gofrestru gan ei fam HEFYD, ac ro'n ni'n dau'n edrych ymlaen yn ofnadwy. Ond ar y diwrnod cynta, mi wnes i sylweddoli mai twyll oedd y cwbl.

Yn gynta, roedd yr Academi Hyfforddi Archarwyr yn neuadd y ganolfan ac nid mewn rhyw stafell gyfrinachol dan ddaear. Ac mi oedd yr holl sôn am "bŵer goruwchnaturiol" yn jôc.

Felly ro'n i a Roli'n sownd mewn rhyw glwb chwara am wythnos tra oedd ein mamau ni'n cael llonydd. Ac ar ddiwedd yr wythnos chawson ni'm masgia na gwisgoedd archarwyr na dim byd. Dim ond rhyw hen dystysgrif wirion.

MAE
Greg Heffley
YN

Archarwr

Am iddo ddangos cwrteisi yn ystod amser bwyd

Zap!

'Chydig wythnosa'n ddiweddarach mi aethon ni lawr i'r ysgol ar ein beicia unwaith eto ac, wrth gwrs, roedd Llion a'i ffrindia ar y cwrt pêl-fasged unwaith eto. Mae'n siŵr y dylwn i fod wedi esbonio i Roli bod ei "hyfforddiant archarwr" ynta wedi bod yn ofer.

Ar wahân i osgoi rhai fel Llion, mae 'na dipyn go lew o grwpia'n casglu yn ystod amser egwyl. Ond dwi'm yn meddwl 'mod i'n addas ar gyfer unrhyw un ohonyn nhw.

Mae 'na un grŵp yn chwara gêm o gardia a grŵp arall sy'n darllen mewn cornel.

Yna, mae'r grŵp sy'n chwara ar y cae. 'Chydig fisoedd yn ôl mi wnaeth yr ysgol wahardd unrhyw gêm sy'n defnyddio pêl gan fod gormod o blant yn brifo.

Felly, mae'r hogia rheiny wedi dyfeisio gêm sy'n defnyddio ESGID yn lle pêl. Ond does gen i'm clem be ydi pwynt y gêm.

Mae Eric Gwyn a'i ffrindia amheus yn hel y tu ôl i'r ysgol, lle nad ydy hi'n bosib i athrawon eu gweld nhw. Dwi 'di clywed mai fo ydy'r un i fynd ato os wyt ti isio prynu unrhyw draethawd neu dasg gwaith cartref.

Mae'r GENOD yn hel mewn grwpia hefyd. Mae 'na un grŵp sy'n sgipio rhaff ar un ochr i'r ysgol a grŵp arall sy'n brwsio gwalltia'i gilydd yn ymyl hefyd. Dwi 'di clywed nad ydyn nhw'n hoff iawn o'i gilydd, ond sgen i'm syniad pam.

Y grŵp faswn i'n LICIO bod yn rhan ohono ydy'r grŵp o genod sy'n sefyll wrth ddrws y ffreutur ac yn hel clecs am bawb sy'n pasio.

Dwi 'di trio ymuno â'r grŵp o'r blaen, ond roedd hi'n amlwg nad oedd croeso i mi.

Ond mae 'na hogia a genod yn chwara EFO'I GILYDD ar yr iard. Maen nhw wedi dechra chwara WNEI DI MO 'NAL I, gêm oedd yn boblogaidd yn yr ysgol gynradd.

Dwi 'di trio ymuno yn y gêm sawl gwaith, ond dim ond yr hogia POBLOGAIDD, fatha Bedwyr ab Aled, mae'r genod isio'u dal.

Bob hyn a hyn yn ystod y gêm mi fydd rhywun yn gweiddi am newid i'r rheola.

Mae'n amrywio felly nes bydd y gloch yn canu i ddeud ei bod hi'n amser gwersi.

Yr unig broblem efo'r gêm ydy does neb erioed wedi deud be wyt ti i fod i'w wneud ar ôl DAL rhywun. Dwi'n cofio un tro yn yr ysgol gynradd pan wnes i lwyddo i ddal Cara Price wrth chwara'r gêm.

Aeth Cara at un o'r athrawon ac mi ges i 'ngorfodi i isda â 'nghefn yn erbyn y wal am weddill amser chwara. A dwi'n siŵr bod yr ysgol wedi ffonio Mam a Dad hefyd.

Ond mae'r ysgol wedi sylwi bod rhai plant yn cael trafferth cymdeithasu yn ystod amser chwara, felly 'chydig wythnosa yn ôl, mi gafodd y man "Dwi'n Cael fy Mwlio" ar yr iard ei droi'n fan "Dwisho Ffrind".

Ro'n i'n meddwl mai syniad digon gwael oedd y man "Dwisho Ffrind", ond does gen im llawer o opsiyna y dyddia 'ma.

Falla na sylwodd pawb arall ar y gola glas oedd yn fflachio, neu, ro'n nhw'n rhy brysur yn chwara'r gêm Whei Di Mo 'Nal I, ond ddaeth yr un plentyn draw. Mae'n rhaid bod Mr Rhun yn teimlo trueni drosta i, achos mi ddaeth draw ata i efo gêm ddrafftiau.

Roedd hynny'n well na dim. Ond dwi'n gobeithio nad ydy Mr Rhun yn meddwl y bydd hyn yn digwydd yn gyson.

<u>Dydd Mercher</u>
<u>Rwyt ti'n GWYBOD</u> bod petha'n ddrwg pan mae gan dy frawd bach di fwy o ffrindia na chdi.

Mi symudodd teulu i'n stryd ni'n ddiweddar ac mae ganddyn nhw hogyn bach 'run oed â Mani o'r enw Macs. Mae'r ddau'n dod ymlaen cystal fel eu bod nhw'n treulio bob dydd ar ôl ysgol yng nghwmni'i gilydd.

Mae Macs yn licio yfed diod blas cyrens duon, ac oherwydd hynny mae ganddo gylch mawr piws o gwmpas ei wefusa bob amser. Mae'n edrych fel dyn 40 oed efo locsyn.

MACS

Y cwbwl mae Mani a Macs yn ei wneud yng nghwmni'i gilydd ydy gwylio'r teledu.

Hyd y gwn i, does 'na'r un o'r ddau wedi torri gair efo'i gilydd, ond mae'n rhaid eu bod nhw'n hapus fel y maen nhw.

Ac yn fwy gwallgo na hynny, mae gan TAID gariad. Do'n im yn dallt bod dynion oed Taid yn cael mynd ar DDÊT hyd yn oed, ond mi o'n i'n hollol anghywir.

Ddylwn i ddim synnu gormod. Mae Dad yn deud bod 'na ddeg gwaith yn fwy o genod yn Hafod Hamdden nag sydd o ddynion. Felly mae 'na ddegau ohonyn nhw'n ciwio wrth ddrws fflat Taid yn trio'i ddenu efo lobsgows a chacennau.

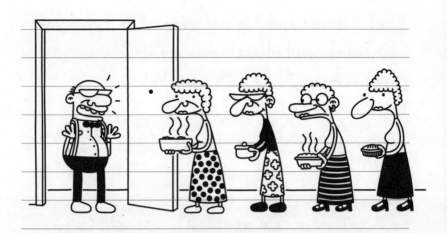

Mae Taid wedi dechra canlyn efo gwraig weddw o'r enw Dorothi, ac mi ddaethon nhw draw yma dros y penwythnos am swper.

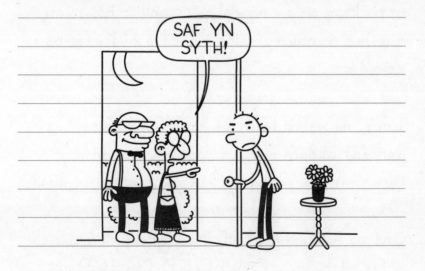

Dw'in meddwl bod y ffaith bod gan Taid a Roli gariadon ar yr un pryd yn hollol wallgo.

47

Y cwbwl dduda i ydy os mai dyma'r bobl sy'n mynd i genhedlu'r genhedlaeth nesa o fodau dynol, yna rydan ni mewn ANDROS o drwbwl.

Ddylwn i ddim â bod wedi agor fy ngheg a deud wrth Mam am fy mywyd personol, achos rŵan mae hi'n mynnu fy helpu i ddod o hyd i ffrindia newydd.

Ddoe, mi wahoddodd hi'i hen ffrind coleg i'r tŷ gan fod ganddi fab, ac roedd hi'n meddwl y basan ni'n dau'n dod ymlaen yn dda efo'n gilydd.

Ond mi ANGHOFIODD Mam grybwyll bod mab ei ffrind hi yn y CHWECHED DOSBARTH, ac mi gawson ni bnawn digon anghyfforddus yng nghwmni'n gilydd.

Mae Mam hyd yn oed wedi bod yn rhoi cyngor i mi ar sut i wneud ffrindia newydd yn yr ysgol.

Mae'i chalon hi yn y lle iawn, ond fysa'i chyngor hi BYTH yn gweithio i rywun f'oed i. Er enghraifft, mi ddudodd Mam wrtha i am fod yn neis efo pawb, achos wedyn mi eith y gair ar led ac mi fydda'n hogyn poblogaidd mewn chwinc.

Falla bod y math yna o beth wedi gweithio pan oedd Mam yn fach, ond dydy plant y dyddia 'ma ddim mor wirion. Dwi 'di deud wrth Mam bod poblogrwydd plant HEDDIW yn dibynnu ar betha fel pa ddillad maen nhw'n eu gwisgo a'r math o ffôn symudol sydd ganddyn nhw. Ond dydy hi'm yn gwrando.

Yn yr ysgol ar hyn o bryd mae pwyslais ar "atgyfnerthu ymddygiad cadarnhaol", felly mae'r posteri gwrth-fwlio wedi cael eu tynnu o'r coridora gan nad ydyn nhw'n cyd-fynd â'r neges newydd.

Felly, yn lle cosbi plant cas, maen nhw'n gwobrwyo plant NEIS.

Os bydd athro'n dy weld yn dangos caredigrwydd at blentyn arall, galli di ennill "Cerdyn Clod".

Os gwnei di ennill digon o Gardiau Clod galli di eu cyfnewid nhw am wobrau, fel amser egwyl hirach.

Bydd y dosbarth cofrestru â'r MWYAF o Gardiau Clod yn cael diwrnod i ffwrdd o'r ysgol.

Ro'n i'n meddwl bod hwn yn syniad eitha da, ond wrth gwrs, mae ambell un yn mynnu difetha popeth. Mi sylweddolodd y disgyblion nad oedd angen dangos caredigrwydd go iawn er mwyn ennill Cardiau Clod. Dechreuon nhw'n ffugio bod yn neis at ei gilydd pan oedd athro'n agos.

Mae deg Cerdyn Clod yn cael eu hargraffu ar un dudalen, ac mae'r athrawon yn eu torri nhw'n gardiau unigol er mwyn gwobrwyo disgybl.

Llwyddodd Eric Gwyn i gael gafael ar un dudalen gyfan a'i llungopïo, felly ar ôl hynny roedd Cardiau Clod ffug yn yr ysgol.

Dechreuodd Eric werthu'r cardiau am 50c yr un, ond wedyn mi sylweddolodd disgyblion eraill y basan NHW'n gallu gwneud copïau hefyd. Ar ôl hynny, roedd cymaint o Gardiau Clod yn bodoli fel ei bod hi'n bosib prynu CANT am BUNT.

Sylweddolodd yr athrawon fod rhyw ddrwg yn y caws wrth i blant gwaetha'r ysgol fynd i gyfnewid llwythi o Gardiau Clod am amser egwyl hirach.

Felly, penderfynodd yr ysgol ddileu'r Cardiau Clod oedd ar bapur gwyn a chreu rhai newydd ar bapur GWYRDD. Ond buan iawn y dechreuodd pobl wneud copïau ar bapur gwyrdd, ac mi ddigwyddodd yr un peth eto.

Bob tro roedd yr ysgol yn newid lliw'r papur, roedd rhai ffug wedi cael eu hargraffu o fewn pedair awr ar hugain. Yn y pendraw, dechreuodd yr ysgol gosbi plant oedd yn cyfnewid mwy na phum Cerdyn Clod ar y tro, gan fod yr athrawon yn credu bod hynny'n arwydd o dwyll.

Ond doedd HYNNY ddim yn deg. Mi gafodd
Tegid Gwilym, un o hogia mwya caredig ein
blwyddyn ni, ataliad ar ôl ysgol am fis ond mi oedd
o wir wedi ennill tri deg pump o Gardiau Clod.

Ymhen hir a hwyr, mi lwyddodd y gofalwr i ddal
criw pan gerddodd i mewn i un o'r stafelloedd
paratoi yn y bloc Gwyddoniaeth amser cinio.

Daeth y cynllun Cardiau Clod i ben ar ôl hynny, a gan nad ydy hi'n bosib cyfnewid dim byd am amser egwyl hirach erbyn hyn, does 'na neb yn dangos caredigrwydd.

Dydd Sul

Dwi'n meddwl bod yr hyn ddudis i am boblogrwydd plant wedi cael effaith ar Mam, achos heddiw mi aeth hi â fi i siopa dillad.

Fel arfer, fedra i ddim DIODDA mynd i siopa dillad, achos yr unig dro rydan ni'n mynd ydy ar ddechra'r flwyddyn ysgol. Ac mae unwaith y flwyddyn yn HEN ddigon.

Dwi 'di gwneud llwyth o betha diflas yn fy mywyd, ond does 'na DDIM BYD gwaeth na siopa am ddillad i fynd yn ôl i'r ysgol.

Fel arfer, mae Mam yn mynd â ni i siopa i le o'r enw Dillad Del yn y dre. Ond mae perchnogion y siop yn dallt dynion, ac maen nhw wedi creu ardal yn benodol i ni fedru isda tra mae'r genod yn siopa.

Fis Medi dwytha, aeth Mam â fi a Rodric i siop Dillad Del i ddewis dillad. Yn anffodus, mi anghofiodd hi ddod 'n nôl ni i'r Hafan ar ôl gorffen siopa, a roedd hi wedi cyrraedd adra cyn sylweddoli.

Mae'n rhaid ein bod ni wedi bod yno am dair awr cyn i Mam ddod 'n nôl ni.

Wel heddiw, am unwaith, ro'n i'n YSU am gael
mynd i siopa am ddillad. Mi ges i ddau bâr o jîns
a thri crys, ond yn well na hynny dwi 'di cael
SGIDIA newydd.

Rhai ail-law ar ôl Rodric ydy fy holl sgidia i fel
arfer, a phan fydda i'n eu derbyn nhw mi fydda
i'n gorfod treulio ORIA yn crafu gwm cnoi oddi
ar eu gwaelodion nhw.

Yr unig dro ges i sgidia newydd oedd ym Mlwyddyn 4 pan brynodd Mam dreinyrs i mi ar gyfer gwersi Add Gorff.

Mi ddudis i wrthi nad o'n i erioed wedi clywed am dreinyrs "Sportsters". Mi ddudodd hi eu bod nhw'n dod o America ac wedi'u creu gan ddefnyddio "technoleg arloesol". Ro'n i wrth fy modd.

Ond amser egwyl, mi syrthiodd gwadna rwber y ddwy esgid i ffwrdd. Pan es i adra a dangos i Mam, mi ddudodd y basan ni'n mynd â nhw'n ôl i'r siop i'w cyfnewid am rai newydd.

A dyna pryd y gwnes i ddallt ei bod hi wedi prynu'r sgidia yn y siop popeth-am-bunt ac mai celwydd noeth oedd y busnes "technoleg arloesol".

Pan gyhoeddodd Mam ei bod hi'n mynd â fi i siopa sgidia heddiw, mi wnes i'n hollol glir iddi mai dim ond sgidia â brand adnabyddus oedd yn dderbyniol.

Doedd him yn hawdd penderfynu pa sgidia i'w prynu. Mae 'na filyna o wahanol fatha, ac mae pob un wedi'i chreu'n benodol ar gyfer ffordd wahanol o redeg.

Mae 'na sgidia penodol ar gyfer cerdded mynyddoedd, rhedeg, sglefrfyrddio a mwy.

Roedd 'na bâr o sgidia pêl-fasged ffansi ro'n i wedi'u llygadu. Roedd 'na rwbath yn eu gwadna nhw oedd yn gwneud i ti neidio'n uwch, mae'n debyg, ac ro'n i'n torri 'mol isio'u prynu nhw. Ro'n i wedi clywed cymaint o sôn amdanyn nhw. Am hwyl!

Gyda'r Dechnoleg Ddiweddaraf

Ond ro'n in poeni y baswn in gwneud campa ar y ffordd ir ysgol.

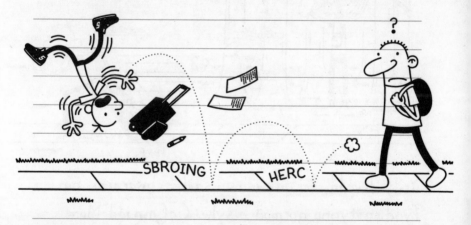

SBROING

HERC

Roedd 'na hefyd bâr o sgidia gwyrdd "decathlon" oedd yn edrych yn wych, ond ar y bocs roedd o'n deud mai ar gyfer "athletwyr o fri" ro'n nhw.

Ac mi fasan nhw wedi'u gwastraffu arna i.

Mi wnes i hyd yn oed feddwl am brynu pâr o'r sgidia rheiny sydd ag olwynion ynddyn nhw er mwyn gallu gwibio heibio hogia'r Mingos bob dydd.

Yn y diwedd, mi ddewisais i sgidia chwaraeon na fydda'n tynnu gormod o sylw. Gofynnodd Mam a o'n i am eu gwisgo nhw i fynd adra, ond do'n i DDIM isio'u baeddu nhw cyn cael cyfle i'w gwisgo nhw am y tro cynta i'r ysgol.

Ond hefyd, mi ges ir cyfle i fwynhau ogla newydd y sgidia yn y car yr holl ffordd adra.

<u>Dydd Llun</u>
Whes i erioed sylwi pa mor FUDUR ydy hi dan draed tan i mi gael fy sgidia newydd. Ac nid dim ond y ddaear, ond y stryd a'r PALMANT hefyd.

Mae cerdded i'r ysgol fatha cerdded drwy faes y gad yn llawn mwd a saim a budreddi, ac mae'n rhaid i ti neidio fatha ninja er mwyn osgoi'r cyfan i gyd.

Ar ôl cerdded lai na chanllath o'r tŷ bora 'ma, mi drois ar fy sawdl a mynd yn ôl. Mi rois i fagia siopa plastig am fy nhraed, ac roedd popeth yn grêt ar y dechra. Dim problem! Roedd y bagia'n gwneud y tric yn iawn.

Ond cyn pen dim, roedd gwaelodion y bagia wedi rhwygo, a do'n nhw'm yn gwarchod fy sgidia newydd sbon i O GWBL. Felly mi rwygais i'r bagia oddi ar fy nhraed a'u taflu nhw i'r bin sbwriel agosa.

Ar ôl hynny, ro'n i'n trio 'ngora i osgoi llefydd peryglus. Mi gadwais i at y palmant ond ro'n i'n teimlo cerrig mân yn mynd yn sownd yn y patrwm o dan y gwadna, ac mi fasa hi'n cymryd HYDOEDD i mi eu crafu nhw o'na efo blaen pensil. Felly mi wnes i drio camu yn ofalus iawn fel mai dim ond blaen yr esgid oedd yn cyffwrdd y llawr.

CAMU

Ar ôl 'chydig, mi rois i'r gora iddi a cherdded ar y gwair. Ro'n i ugain munud yn hwyr yn cyrraedd yr ysgol, ond roedd o werth pob eiliad gan fod fy sgidia i'n dal i sgleinio.

Yn anffodus, roedd pawb yng nghanol prawf yn y wers Daearyddiaeth, ac roedd yn rhaid i mi drio dal i fyny.

Ar ôl 'chydig funuda, dyma fi'n dechra ogleuo rhwbath afiach. Ro'n i'n meddwl mai Dewi Beynon oedd o, gan ei fod o'n drewi'n aml.

Ond roedd yr ogla yma'n LLAWER gwaeth na'r arfer. Mi wnes i symud i ddesg yng nghefn y stafell er mwyn canolbwyntio ar y prawf, ond roedd yr ogla wedi fy NILYN i. A dyna pryd y gwnes i sylweddoli GWIR darddiad yr ogla.

Mae'n rhaid 'mod i wedi sathru mewn baw ci wrth gerdded ar y gwair. A dwi'n gwybod yn UNION lle digwyddodd hynny.

Mi dynnais f'esgid a mynd i flaen y dosbarth i ddeud wrth Mrs Pugh am fy mhroblem.

Ond mae'n rhaid bod Mrs Pugh yn meddwl mai gwneud ffws er mwyn osgoi'r prawf o'n i, achos mi ges i fag plastig ganddi i roi'r esgid ynddo a gorchymyn i ddychwelyd i fy sedd.

Erbyn hyn, roedd gweddill y dosbarth wedi sylweddoli be oedd yn digwydd, ac roedd pawb yn chwerthin ar fy mhen i.

Fel arfer, dwi'n meddwl bod pŵ yn beth doniol iawn pan mae rhywun ARALL wedi sathru ynddo.

A deud y gwir, y diwrnod gora ges i efo Roli oedd y diwrnod hwnnw yn ystod yr haf pan aethon ni am bicnic i'r parc. Ro'n ni'n isda yno ar flanced yn gwylio pawb yn pasio ar ddiwrnod mor braf.

Mi benderfynodd un o geffylau'r heddlu ollwng ei lwyth mawr ar y llwybr cerdded, ac mi dreuliodd y ddau ohonon ni weddill y pnawn yn gwylio ymateb pobl wrth iddyn nhw drio'u gora i'w osgoi o.

Rheiny oedd y dyddia da, ond maen nhw bellach wedi dod i ben.

Yr hyn sy'n fy nghorddi i ydy tasa petha'n dal i fod fel y DYLAN nhw fod, yna mi faswn i 'di bod yn cerdded i'r ysgol efo Roli bora 'ma ac mi fasa fo siŵr o fod wedi sylwi ar y baw ci ar y gwair.

Ond mae Roli wedi cael cariad, a rŵan FI sy'n gorfod diodda.

Roedd ôl baw Rebel ar hyd llawr y dosbarth, felly
daeth Mr Meeks y gofalwr i'w lnau. Roedd o'n
syllu'n fileinig arna i, a gwnâi hynny hi'n anodd i
mi ganolbwyntio ar fy mhrawf Daearyddiaeth.

Ar ôl y wers mi es i'r brif swyddfa i weld
oeddan nhw'n gallu fy helpu i. Estynnodd yr
ysgrifenyddes y bocs Eiddo Coll i mi gael chwilio
drwyddo fo am esgid sbâr, ond yr unig beth
tebyg i esgid yno oedd esgid gaeaf rhyw hogan.

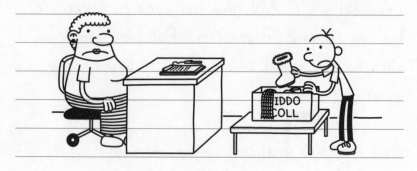

Ar y foment honno daeth Mr Rhun o'r stafell athrawon, a gofynnodd yr ysgrifenyddes iddo tybed a oedd ganddo fo sgidia sbâr. Atebodd Mr Rhun fod ganddo bâr yn ei swyddfa, ac mi aeth o i nôl esgid i mi.

Dydw i erioed wedi sylwi o'r blaen, ond mae traed Mr Rhun yn ANFERTHOL. A dwi'n gobeithio na fydd o'n disgwyl i mi chwara drafftiau efo fo yn ystod amser egwyl oherwydd hyn.

<u>Dydd Mercher</u>

Gan nad ydy Roli'n cadw cwmni i mi y dyddia 'ma, mae gen i LWYTH o amser rhydd ar ôl ysgol. Ond un peth dwi 'di i ddysgu ydy na ddylat ti byth ddeud wrth dy fam bod gen ti ddim byd i'w wneud.

Felly, dwi 'di bod yn aros allan ar ôl ysgol jesd er mwyn osgoi gwneud gwaith tŷ. Mae Mam yn deud y dylwn i "fynd ar antur" i drio ffendio ffrindia newydd yn lleol, ond mae hynny'n go annhebygol lle dwi'n byw.

Ar ein stryd ni mae'r teulu Lasky yn byw, a syniad y MEIBION o amser da ydy tynnu eu dillad a reslo yn eu tronsia o flaen y tŷ.

Union gyferbyn â ni mae 'na hogyn o'r enw Michael Flammer yn byw, mae o ryw flwyddyn neu ddwy yn fengach na fi. Ond faswn i BYTH yn ei nabod o taswn i'n ei weld o, achos mae 'na helmed motobeic am ei ben o bob amser.

Rhyw ddau ddrws wedyn mae Elfyn Roberts yn byw, a chafodd o ei wahardd o'r ysgol dair wythnos yn ôl am dorri i mewn ac achosi difrod.

Mi driodd o wadu nad fo oedd wedi gwneud, ond doedd dim llawer o bwynt.

Wedyn mae Ffregli, sy'n byw ym mhen draw'r stryd. Yr unig DDAIONI sy wedi dod o fy sefyllfa i dros yr wythnosa dwytha 'ma ydy nad ydw i 'di gorfod cerdded heibio tŷ Ffregli ar y ffordd i weld Roli.

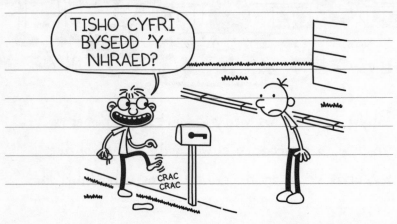

Yn anffodus, mae Mam yn awyddus iawn i mi roi gwadd i Ffregli draw i chwara. Mae hi'n teimlo bechod drosto fo gan ei fod o'n ymddangos fel "hogyn unig", medda hi.

Mi fasa'n well gen i tasa Mam ddim yn deud petha fel'na, achos mae hi'n gneud i mi deimlo'n euog. A choelia di fi, dwi'n teimlo'n DDIGON euog wrth weld Ffregli ar yr iard bob dydd.

Ond heddiw, mi wnes i sylweddoli rhwbath: taswn i a Ffregli'n dod yn ffrindia, mi allwn i ei fowldio fo i'r UNION fath o ffrind dwi isio.

Mi allwn i feddwl am yr holl betha dwi'n eu licio am Roli a dysgu Ffregli sut i'w gwneud nhw. Ond hefyd, mi allwn i ddysgu petha YCHWANEGOL iddo fo.

Dwi 'di sylwi mai'r hogia mwya poblogaidd yn yr ysgol ydy'r rhai sydd â seidcic digri. Un o ffrindia Bedwyr ap Aled ydy Deio Mathonwy, a dwi'n BERFFAITH siŵr mai'r unig reswm mae Aled yn ffrindia efo fo ydy am ei fod o fatha clown.

A dydy genod BYTH yn licio'r clown, felly fasa Ffregli ddim yn gystadleuaeth o gwbl i mi.

Mi fydd yn rhaid i mi wneud yn siŵr bod pobl yn meddwl bod Ffreglin trio bod yn ddigri AR BWRPAS. Achos does na'm dal arno fo.

DWI 'DI LLYNCU FY SYTHWR DANNEDD.

GO IAWN.

HI HI HI HI!

Amser cinio heddiw mi es i chwilio am Ffregli i'w wahodd o i isda wrth ein bwrdd ni. Roedd o mor bell yn ôl yn y ciw i gael sêt, roedd o'n isda yn y coridor yn ymyl tai bach y bechgyn.

BECHGYN

Yn lwcus, mae Ffregli fatha styllan o dena, ac mi fedron ni wneud lle iddo fo. Y peth cynta wnes i oedd ei roi o ar ben ffordd gan ddechra efo'r Rheol-Pum-Eiliad.

Ro'n i ar ganol esbonio sut mae hawlio bwyd sy ddim yn perthyn i ti pan frathodd Ffregli'r creision oedd yn fy llaw i heb rybudd a'u bwyta.

Ro'n i 'di gwylltio, ac mi ddudis i wrth Ffregli y basa'n rhaid iddo fo fynd yn ôl i isda i'r ciw yn y coridor os oedd o am wneud petha gwirion felly.

Mi wnes i esbonio bod yn rhaid i rywun OLLWNG rhwbath cyn y medri di'i hawlio fo. Dw'in meddwl ei fod o wedi dallt ac mi ddaru o drio ymddiheuro, felly mi ddysgodd o rwbath.

Tra oedd Ffregli yn bwyta'i ginio, mi ges i gip ar ei lyfr nodiada fo i gael gweld pa mor dda ydy o am sgwennu'n sownd. Ond pan welis i'r dudalen flaen ro'n i'n difaru sbio.

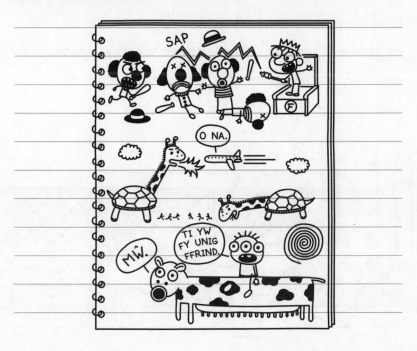

Ar ôl ysgol, mi ofynnais i Ffregli gerdded adra efo fi. Esboniais iddo fo y dylai gerdded o 'mlaen i er mwyn cadw llygad am faw ci, a bod angen iddo fo dynnu 'nghês-dillad-ar-olwynion i bob hyn a hyn. Roedd Ffregli'n awyddus i helpu, ac ar y dechra roedd pob dim yn grêt.

Ond do'n i'm yn canolbwyntio digon, ac mi anghofiais i groesi'r ffordd pan o'n ni'n agosáu at goedwig y Mingos. Felly, peth nesa, ro'n nhw i gyd yn rhedeg ar ein hôl ni.

Erbyn i ni gyrraedd gwaelod ein stryd ni ro'n nhw 'di diflannu, ond pan roddodd Ffregli fy nghês yn ôl i mi roedd o bron yn WAG.

Gofynnais i Ffregli be oedd wedi digwydd i fy llyfra i. Mi oedd o wedi'u taflu nhw i lwybr y Mingos pan o'n nhw'n rhedeg ar ein hôl ni. PAM gwnaeth o hynny? Am ei fod o wedi gobeithio y basan nhw'n stopio i'w DARLLEN nhw.

Felly, 'chydig o drychineb fu'r diwrnod cynta. Ond project hirdymor ydy Ffregli, a dwi'n gwybod na fydd petha'n hawdd ar hyd y daith.

Dydd Iau

Bora 'ma, ro'n i a Ffregli i fod i gerdded i'r ysgol efo'n gilydd, ond am 8:30 doedd o'n dal heb alw amdana i. Felly mi es i draw i gnocio'i ddrws ffrynt o.

Ddaeth dim ateb, ac ro'n i ar fin cychwyn cerdded i'r ysgol ar fy mhen fy hun pan glywais i sŵn fel pêl bowlio'n syrthio i lawr y grisia. Mi agorodd y drws ffrynt, ac yno'n sefyll roedd Ffregli.

Wrth wisgo, ar ddamwain, roedd Ffregli wedi gwisgo'i grys ben i waered ac wedi mynd yn sownd. Felly, roedd yn rhaid i FI ei achub o.

I ddechra ro'n i fymryn yn flin efo fo, ond wedyn mi wnes i sylweddoli mai dyma'r math o beth mae pobl eraill yn ei weld yn DDIGRI.

Felly amser cinio mi es i â Ffregli draw at fyrdda'r genod a gwneud iddo fo wisgo'i grys yr un ffordd eto.

Yn anffodus, mae'n rhaid 'mod i 'di dewis y bwrdd anghywir, achos wnaeth DIM UN o'r genod wenu.

Gofynnais i Ffregli ddeud jôc, ond doedd o ddim yn gwybod un. Gofynnais iddo fo wneud tric, ac mi dynnodd ddarn o gwm cnoi o'i boced.

Tynnodd Ffregli ei grys a rhoi'r gwm cnoi yn ei fotwm bol. Doedd gen im syniad be fasa'n digwydd nesa, felly mi gymrais i gam yn ôl. Ac yna, heb air o gelwydd, dechreuodd Ffregli ei GNOI o.

Dwi'm yn meddwl bod y genod yn licio'r tric, ond mi o'n i. Wedyn mi gyhoeddodd Ffregli ei fod o am chwythu SWIGEN. Roedd yn RHAID i mi weld hyn.

Mi ddylwn i fod yn gwybod nad ydy hi'n bosib
chwythu swigen efo dy fotwm bol.

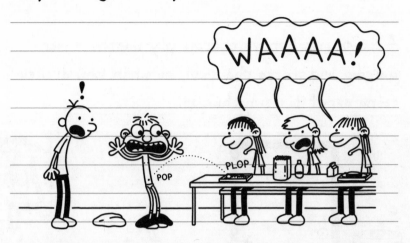

Aeth y si ar led yn go gyflym am dalent Ffregli,
ac am weddill yr amser cinio roedd pob hogyn yn ein
blwyddyn ni wedi heidio o gwmpas y bwrdd er mwyn
cael gweld be ARALL y galla Ffregli ei gnoi.

A deud y gwir, roedd cymaint o dorf yno fel nad
oedd lle i FI isda.

Felly tra oedd Ffreglin mwynhau ei foment o
enwogrwydd, ro'n in bwyta 'nghinio yn y coridor.

A'r cwbl mae hyn yn ei brofi ydy waeth pa mor
garedig wyt ti efo rhai pobl, mi wnân nhw droi eu
cefna arnat ti mewn chwiciad.

Dydd Gwener
Oherwydd popeth sy 'di bod yn digwydd yn yr
ysgol, dwi 'di bod yn edrych 'mlaen yn arw at
wyliau'r Pasg. Mi fydd pythefnos o wneud dim yn
WELL ffisig na dim.

Ond heno, mae 'nghynllunia i wedi mynd i'r gwellt. Pan ofynnodd Dad i Mam be o'n ni am ei wneud dros y Pasg 'leni, mi gyhoeddodd fod ei theulu hi'n dod i ymweld â ni.

Ro'n i'n siomedig TU HWNT efo'r newyddion, ac roedd Dad yn amlwg yn teimlo'r un fath.

Dydy Mam BYTH yn deud am ymweliada'i theulu hi gan ei bod hi'n gwybod y byddwn ni'n gwneud trefniada eraill os y rhoith hi ormod o rybudd i ni.

Mae mwyafrif teulu Mam yn byw'n bell i ffwrdd, felly dydan ni'm yn eu gweld nhw'n aml. Mae hynny'n fy siwtio i'n iawn achos pan YDAN ni'n eu gweld nhw mae'n cymryd amser i ddod dros y profiad.

Dwi'n siŵr bod gan bob teulu eu problema, ond mae ochr Mam o'r teulu fel cymeriada o opera sebon.

Mae gan Mam bedair chwaer a phob un yn hollol wahanol – mae'n syndod iddyn nhw gael eu magu o dan yr un to.

| ANTI | ANTI | ANTI | ANTI |
| GRETA | AUDREY | VERONICA | CATI |

Chwaer hyna Mam ydy Anti Cati, sy'n hen ferch ac yn ddi-blant. Ac mae hynny'n beth da achos mae'n hollol amlwg nad ydy hi'n licio plant.

Unwaith pan o'n i'n fach, daeth Anti Cati i aros efo ni, ac aeth Mam allan am awr neu ddwy a 'ngadael i yn ei gofal hi. Dwim yn meddwl bod Anti Cati wedi treulio amser ar ei phen ei hun efo plentyn cyn hynny, ac roedd hi ar binna drwy'r amser.

Mae'n rhaid ei bod hi'n meddwl 'mod i'n mynd i
dorri rhwbath, achos y peth cynta wnaeth hi
oedd symud popeth y gallwn i ei dorri a'u rhoi o
'nghyrraedd i. Wedyn mi safodd hi yno'n gwylio
rhag ofn i mi gyffwrdd yn unrhyw beth.

Ar ôl rhyw awr, cyhoeddodd Anti Cati ei bod
hi'n amser i mi gael cyntun bach. Mi wnes i drio
deud wrthi 'mod i'n rhy hen i hynny, ond mi ges
i bryd o dafod am ateb oedolyn yn ôl.

Mi ddudodd Anti Cati ei bod hi am fynd i smwddio
ac y basa hi'n fy neffro i mewn awr neu ddwy.

Mi ddiffoddodd hîr golau, a chyn cau'r drws dyma hín deud –

Faswn i erioed wedi meddwl am gyffwrdd yr haearn smwddio, ond gan fod Anti Cati wedi rhoi'r syniad yn fy mhen i fedrwn i'm meddwl am ddim byd arall. O fewn hanner awr, ro'n i 'di codi o 'ngwely ac yn sleifio i lawr y grisia.

Roedd Anti Cati yn y stafell fyw yn gwylio'r teledu, ac roedd yn rhaid i mi fynd heibio iddi er mwyn cyrraedd y stafell olchi dillad.

Unwaith ro'n i yno, mi estynnais i stôl fach Mam a gosod cledr fy llaw ar yr haearn smwddio.

Dwn i ddim PAM y gwnes i hynny. Ond mi wnes i losgi'n ddrwg, a dydy Mam erioed wedi gofyn i Anti Cati warchod wedyn. Dwi'n siŵr ei bod HITHA'n falch iawn o hynny.

Chwaer 'fenga Mam ydy Anti Greta, ac mae hi'n wahanol IAWN i Anti Cati. Mae gan Anti Greta efeilliaid o'r enw Merfyn a Myfyr, ac maen nhw'n HOLLOL wyllt. A deud y gwir, maen nhw mor ddrwg roedd Anti Greta'n gorfod cadw'r ddau ar dennyn ers talwm.

Un tro, pan ddaeth Anti Greta a'i phlant i ymweld â ni, mi ddaethon nhw â'u HANIFEILIAID ANWES efo nhw. Roedd hi fatha sw yn tŷ ni.

Penderfynodd hi fynd am wythnos o wylia a gadael ei phlant A'I hanifeiliaid efo ni i gael eu gwarchod. Mi aeth petha'n draed moch pan wnaeth y gwningen roi genedigaeth i lwyth o gwningod bach rhyw ddeuddydd cyn iddi ddychwelyd.

Doedd Dad ddim yn hapus iawn, achos roedd Anti Greta wedi deud mai GWRYW oedd y gwningen.

Mi alla i ddiodda anifeiliaid anwes Anti Greta, ond mae diodda'i meibion hi'n fater GWAHANOL.

Yn ystod yr un ymweliad, roedd Merfyn a Myfyr yn chwara gêm daflu efo carreg neu ddarn o goncrid neu rwbath y tu allan i'r tŷ.

Dwi 'di gwneud petha gwirion yn fy nydd, ond dwim yn meddwl 'mod i erioed wedi gwneud rhwbath mor wirion â HYNNA.

Ymhen fawr o dro, roedd Mam wedi gorfod mynd â Merfyn i'r Uned Ddamweiniau yn yr ysbyty i gael pwytha i'w ben, ac ro'n ni'n gofalu am Myfyr.

Tra oedd Mam yn yr ysbyty, rhywsut mi lwyddodd Myfyr i gael gafael ar sebon eillio a rasel Dad, ac erbyn i ni sylweddoli be oedd o'n ei wneud roedd hi'n rhy hwyr.

Mae Dad wedi deud y bydd o'n mynd i aros mewn gwesty os ydy Anti Greta a'i hogia'n dod i aros yn tŷ ni y tro 'ma. Ond mae Mam yn credu y dylai teulu fod efo'i GILYDD.

Un person NA fydd yn dod i aros dros y Pasg ydy Anti Veronica. Dydy hi heb fod mewn unrhyw ddigwyddiad teuluol ers bron i bum mlynedd, wel ddim yn y CNAWD. Dwi'n meddwl bod ei phwysa gwaed hi'n codi wrth feddwl bod efo'r teulu, felly pan fyddwn ni'n dod at ein gilydd mi fydd hi yno drwy declyn electronig.

Dwi'm yn meddwl 'mod i wedi'i gweld hi go iawn ers i mi fod yn dair neu bedair oed.

Un haf mi ddaethon ni i gyd at ein gilydd mewn priodas. Roedd y seremoni wedi para bron i ddwy awr mewn gwres llethol, ac roedd Anti Veronica wedi bod yn chwara gemau ar ei ffôn drwy'r briodas.

Yr unig fodryb dwi heb sôn amdani hyd yma ydy
Anti Audrey. Mae hi'n un o'r bobl 'ma sy'n coelio
mewn peli crisial a'r sêr, a dydy hi'm yn fodlon
gwneud UNRHYW BETH heb weld dynes deud
ffortiwn yn gynta.

Dwi'n gwybod hyn oherwydd mi es i i aros ati hi
am bythefnos un haf.

Pan ddalltodd Mam fod Anti Audrey wedi mynd
â fi i weld dynes deud ffortiwn, doedd hi ddim
yn hapus. Mi ddudodd Mam mai dim ond "llwyth
o g'lwydda" ydy'r busnes deud ffortiwn 'ma a bod
Anti Audrey'n gwastraffu'i phres.

Ond roedd gen i'r TEIMLAD y basa Mam yn deud rwbath fel'na.

Dwim yn gwybod pa fath o hyfforddiant sydd ei angen i ddeud ffortiwn, ond os nad oes 'na ryw lawer, dwi'n meddwl y baswn i'n dda iawn yn gwneud swydd fatha hon.

Dwi'n synnu braidd bod Mam yn teimlo felly
am ddeud ffortiwn a ballu, achos HI ydy'r un
sydd wastad yn deud bod gan Nain bwerau
goruwchnaturiol. Dwi'm yn gwybod ydy hynny'n
wir ai peidio, ond os YDY o, dydy Nain ddim
yn defnyddio'i phwerau'n iawn.

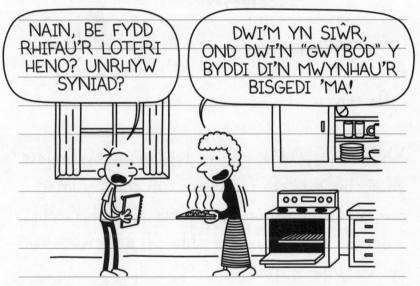

A deud y gwir, dwi'm yn siŵr faint dwi'n ei gredu
fy hun. Does 'na ddim byd fel'na wedi fy helpu I
erioed.

Pan o'n i'n wyth, aethon ni ar drip gwersylla fel
teulu ac mi aethon ni i siop oedd yn gwerthu pob
math o gofroddion a thrugaredda.

Rhoddodd Dad dair punt i mi wario, ac mi brynais i droed cwningen, gan ei bod hi i fod i ddod â lwc dda.

Ond ar y trip mi ges i wenwyn bwyd A throi'n ffêr. Felly mi daflais i'r droed cwningen ar y cyfle cynta.

Rhaid i mi gyfadda, ro'n i'n teimlo'n anghyfforddus yn ei chario hi efo fi. Taswn i 'di ennill y loteri neu rwbath anhygoel o gyffrous felly oherwydd y droed cwningen faswn i ddim 'di gallu mwynhau fy lwc. Ddim o gwbl.

Pan fydd Dad yn gadael ei bapur newydd ar y bwrdd yn y gegin, dwi bob amser yn darllen fy horosgop. Ond does 'na byth unrhyw wybodaeth DDEFNYDDIOL ynddo fo.

> Pan fydd Sadwrn ac Iau mewn llinell syth, gochela rhag dieithryn â newyddion drwg. Yn y cyfamser, mae rhywun y ceraist unwaith yn d'edmygu o bell. Dy rifau lwcus yw 1, 2, 4, 5, 7 a 126.

Ac mae cwcis ffortiwn hyd yn oed yn WAETH. Ro'n ni'n arfer mynd i'r bwyty Tsieineaidd yng nghanol y dre bob noswyl Nadolig, ac ro'n i bob amser yn awyddus iawn i agor y cwci i gael gweld i'r dyfodol.

Ond dyma'r ffortiwn ges i y tro dwytha aethon ni yno –

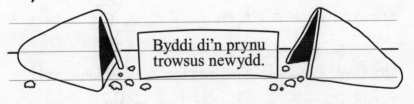

Byddi di'n prynu trowsus newydd.

Pa mor AMLWG ydy deud rhwbath FELLY?

Yr hyn dwi ANGEN ydy rhwbath sy'n DEUD wrtha i be iw wneud, fel nad oes rhaid i mi ddyfalu. Hyd yma, fi sy 'di bod yn gwneud fy mhenderfyniada, a dwi ddim yn fodlon â'r canlyniada.

Dydd Mercher
Ro'n i'n arfer MWYNHAU gweld teulu Mam yn dod i ymweld, achos ei bod hi'n ffordd dda i mi wneud rhywfaint o bres.

Un flwyddyn, pan o'n i wrthi'n tynnu llunia wrth fwrdd y gegin, mi ddudodd Mam wrtha i y dylwn i drio'u gwerthu nhw i aelod a'r teulu.

Mi weithiodd y cynllun I'R DIM. Ro'n i'n tynnu llun o dŷ neu grwban, ac yna'n ei werthu i aelod o'r teulu am 'chydig bunnoedd.

'RARGOL, RWYT TI'N ARTIST A HANNER, GREG!

Yn ystod yr wythnosa cyn unrhyw aduniad teuluol, mi o'n i'n arfer tynnu llunia mor gyflym ag y gallwn i fel bod gen i stoc go dda i'w gwerthu iddyn nhw. Un gwylia Diolchgarwch, mi wnes i wyth deg punt.

A deud y gwir, roedd hi mor hawdd gwneud pres drwy fy ngwaith celf, ro'n i'n credu y baswn i'n llwyddo i fynd trwy 'mywyd yn tynnu llunia.

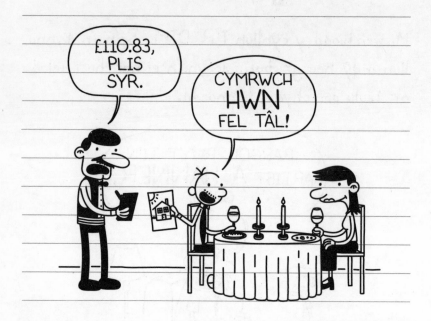

Ond wrth i mi dyfu'n hŷn, doedd yr aeloda hynny o'r teulu oedd mor barod i brynu lluniau'r hogyn bach ddim mor awyddus i agor eu waledi.

A dwi dal ddim yn siŵr ai'r rheswm am hynny oedd 'mod i'n swnian ar yr un bobl bob tro, neu ai am 'mod i wedi dyblu pris pob llun.

Ond pan ddechreuodd Mani werthu'i lunia FO, mi ffeindion nhw bres yn ddigon sydyn. Ro'dd gin bawb ddigon i daflu ato!

A dyma'r gwahaniaeth: pan dwi'n tynnu llun, dwi'n ymdrechu'n galed i'w wneud o'n iawn. Ond mae Mani'n creu pymtheg llun mewn munud, a sgin im syniad be ydy eu hanner nhw i FOD.

A'r cwbl mae hyn yn ei brofi ydy pa mor ddi-
chwaeth ydy rhai pobl wrth brynu darna o gelf.

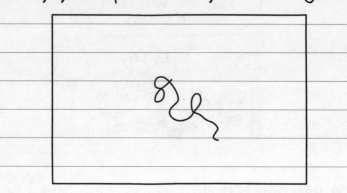

Dydd Iau

Yn anffodus, 'dan ni'n mynd i dreulio Sul y Pasg
yn nhŷ Nain eto 'leni. Does 'na'm llawer i blant
ei wneud yno. Yr unig beth TEBYG i degan
sydd ganddi hi ydy eliffant meddal o'r enw Eli.
Mae o'n ddigon ciwt, ond braidd yn ddiflas.

Nain brynodd Eli yn degan cnoi i'n hen gi ni, Calon, sy'n byw efo hi erbyn hyn.

Ond mi gnodd ac mi rwygodd Calon drwnc, clustia a choesa Eli'n syth bin. Felly erbyn hyn dwyt ti'm hyd yn oed yn gallu deud mai eliffant ydy o i fod.

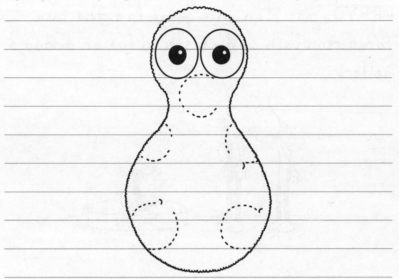

Dyna'r unig beth sydd ar gael i gadw plant yn ddiddig yn nhŷ Nain. A does na'm hwyl i'w gael efo rhwbath sy'n edrych fatha pin bowlio deg meddal.

Fasa tŷ Nain ddim mor ddiflas tasa Calon yn dal i fedru CHWARA fel oedd o ers talwm. Ond mae Nain wedi ei fwydo fo gymaint efo sothach nes ei fod o'n edrych yn debycach i bêl ar goesa erbyn hyn.

HEFYD, mae Nain yn ei wisgo fo fatha tasa fo'n berson bach, a dwi'n siŵr ei fod o'n diodda o iselder.

Bob hyn a hyn pan fyddwn ni draw yn nhŷ Nain yn cael swper, 'dan ni'n trio cael hwyl efo Calon.

Un noson, mi ffeindion ni mai'r ffordd ora o'i ddychryn o pan mae o'n cysgu ydy drwy sleifio y tu ôl iddo a gwneud sŵn rhech.

Wedyn mae Calon yn sniffian ei ben-ôl am y pum munud nesa cyn mynd yn ôl i gysgu.

Dio'm ots sawl gwaith y bydda i a Rodric yn gwneud hynny, yr UN ymateb fydd gan Calon bob tro. Ond un noson, pan roddodd Dad gynnig arni, mi aeth petha O CHWITH!

Er ei bod hi'n ddiflas yn nhŷ Nain, roedd penwythnos y Pasg yn arfer bod yn andros o hwyl. Pan oedd Mam-gu'n dal yn fyw, ro'n ni'n cael helfa wyau Pasg yn nhŷ Nain.

MAM-GU

Mam Nain oedd Mam-gu. A'r rheswm ro'n ni'n ei galw hi'n Mam-gu a thad Nain yn Dad-cu oedd am eu bod nhw'n dod o'r DE ac yn siarad yn od.

Pan fydd gen i wyrion a wyresau, dwi isio cael fy ngalw yn "Taid" neu "Tad-cu" achos mae "Teida" yn swnio fel powdwr golchi dillad. Sebonllyd neu beidio, wnaiff hynny 'mo'r tro!

PEN-BLWYDD HAPUS, TEIDA!

GRR!

112

Dwi'n siŵr y basa Dad-cu'n licio newid ei enw,
ond mae o bron yn naw deg tri, felly does 'na'm
llawer o bwynt erbyn hyn.

Beth bynnag, Mam-gu oedd yn gyfrifol am roi
gwobrau yn yr wyau plastig ar gyfer yr helfa
Pasg. Mi fydda hi'n eu stwffio nhw efo fferins
a 'chydig geinioga, ond roedd 'na bapur pumpunt
mewn ambell un.

Wedyn mi oedd hi'n cuddio'r wyau yn rhwla yn y
tŷ neu'r ardd.

Ar ôl bwyta brecwast hwyr, mi o'n ni'r plant yn mynd allan i'r ardd i nôl ein basgedi yn barod i'w llenwi nhw efo cymaint o wyau â phosib.

Roedd Mam-gu'n arfer cuddio LOT gormod o wyau. A deud y gwir, dwi'n siŵr tasat ti'n mynd i chwilio yng ngardd Nain heddiw y basat ti'n DAL i ffendio digon i lenwi dy fasged.

Weithia mi fydda i'n dod o hyd i wy mewn cwpwrdd neu y tu ôl i glustog yn nhŷ Nain. 'Chydig wythnosa yn ôl, doedd lle chwech Nain ddim yn fflysio, a daeth Dad o hyd i wy plastig pinc yn y tanc dŵr oedd siŵr o fod wedi bod yn nofio yno ers BLYNYDDOEDD.

Pan ddechreuodd Mam-gu fynd yn hen doedd ei meddwl hi ddim yn gweithio cystal, ac mi ddechreuodd hi roi petha od yn yr wyau.

Un flwyddyn mi ddes i o hyd i ffeuen, top potel a chlip papur yn fy wyau i. Dyna'r flwyddyn y daeth Mani o hyd i edau dannedd yn un o'i rai o.

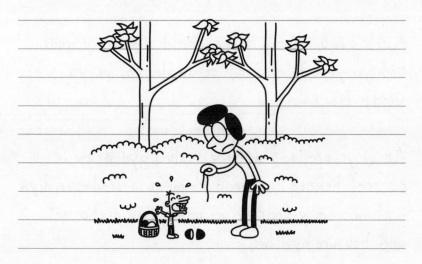

Ac mi fedra i ddeud o brofiad fod sŵn hances
bapur yn swnio'n UNION yr un fath â sŵn
papur pumpunt y tu fewn i wy plastig.

Yr helfa wyau Pasg ola gawson ni oedd y
flwyddyn pan fu Mam-gu farw. Yn yr angladd,
mi sylwodd Mam nad oedd Mam-gu'n gwisgo'i
modrwy briodas ddiemwnt.

Aeth pawb i banig achos roedd y fodrwy wedi
bod yn y teulu ers tair cenhedlaeth, ac yn
werth ffortiwn.

Ar ôl yr angladd aeth y teulu i gyd draw i'r
cartref henoed lle roedd Mam-gu a Dad-cu'n byw
a chwilio am y fodrwy ym mhob twll a chornel,
ond heb unrhyw lwc.

Mi drodd petha'n hyll ar ôl hynny. Cyhuddodd
Bopa Gaynor ei chwaer, Bopa Martha, o ddwyn
y fodrwy. Wedyn mi ddudodd Anti Greta bod
Mam-gu wedi addo'r fodrwy iddi HI, ac mai hi
oedd y perchennog newydd.

A chyn cyfri i dri, roedd pawb yng ngyddfa'i
gilydd.

A dyna sut daeth petha i ben y tro dwytha
daeth y teulu at ei gilydd, a dyna pam nad ydan
ni wedi cwrdd yn yr un lle ers hynny, siŵr o fod.

Mae'r busnes efo'r fodrwy wedi deud yn arw ar
Mam. Mi ddudodd ei bod hi'n gobeithio na ddaw'r
fodrwy BYTH i'r fei, achos os y DAW hi mi fydd
yn ddigon i chwalu'r teulu am byth.

Ond tasa hynny'n golygu dim mwy o ymweliada gan
Anti Greta a'i phlant, fasa hynny ddim yn ddrwg
i gyd.

Dydd Sul
O ran gwylia, mae'n well gen i'r Dolig na'r Pasg.

Ar ddiwrnod Dolig, mi gei di ymlacio yr eiliad rwyt ti'n cyrraedd adra o'r capel yn y bora.

Ond ar Sul y Pasg mae'n rhaid i'n teulu NI aros yn eu dillad gora drwy'r dydd. Heddiw mi aethon ni'n syth o'r capel i dŷ Nain, ac roedd y tei'n teimlo fatha tasa fo'n fy nghrogi i O'R DECHRA.

Roedd gen i ofn y basa'r grachen am y fodrwy yn cael ei hailgodi'n syth, ond pan gyrhaeddon ni dŷ Nain roedd pawb mewn hwylia da.

Dwim yn rhy hoff o gerdded i mewn i stafell yn llawn o bobl sy'n perthyn i mi. Dwi'n gwybod 'mod 'in eu gweld nhw unwaith neu ddwy y flwyddyn, ond mae 'na gymaint ohonyn nhw, mae'n amhosib cofio ENW pawb. Ond maen nhw'n cofio popeth amdana I.

FELLY, DEUD I MI, SUT AETH Y PRAWF HWNNW AR HARRI'R WYTHFED?

Dwi wastad yn trio mynd heibio i'r dorf sydd 'di casglu yn y cyntedd mor gyflym â phosib a symud i rwla sy'n eitha tawel.

Cynllun Mani ydy cogio nad ydy o wedi dysgu siarad eto. Dwi'n eitha cenfigennus ohono, ac yn siomedig nad o'n i 'di meddwl am hynny amser MAITH yn ôl.

Do'n im yn meddwl y basa 'na lawer wedi dod 'leni gan ystyried holl helynt y fodrwy ddiemwnt, ond dwi'n siŵr bod hyd yn oed mwy o bobl nag arfer yno.

Ar ben yr holl fodrybedd ac ewythrod arferol, roedd 'na lwyth o gefndryd a chyfnitherod i Mam yno hefyd.

Roedd Gerallt, ei chefnder o Gwmtwrch, wedi dod ar daith. Mae'n debyg ei fod o'n byw efo ni am 'chydig ar ôl i mi gael fy ngeni, ond mi fasa'n dda gen i tasa fo ddim yn f'atgoffa i bob tro.

FI OEDD YN ARFER NEWID DY GEWYN DI!

Yno hefyd roedd Myfanwy, cyfnither Mam, a dydan ni heb ei gweld hi ers iddi wneud ei ffortiwn yn Llundain.

O be dwi'n ddallt, un bora roedd Myfanwy yn stafell fwyta'r gwesty yn helpu'i hun i'r bwffe brecwast pan sylwodd hi ar stafell arall efo mwy o fwyd ynddi.

Ond ar y ffordd i'r stafell arall, mi sylwodd hi na doedd 'na DDIM stafell arall.

Drych maint llawn oedd 'na, yn adlewyrchu'r stafell roedd hi YNDDI'n barod.

Torrodd Myfanwy bont ei hysgwydd a siwio'r gwesty, a dyna pam dwi'n meddwl mai hi oedd bia'r Porsche oedd wedi'i barcio ar ddreif Nain.

Mi oedd Yncl Lari yn nhŷ Nain hefyd. Dwim yn meddwl ei fod o'n perthyn i neb, ond mi gafodd o wahoddiad rywdro i ddigwyddiad teuluol ac mae o wedi bod yn dod byth ers hynny.

PWY SY 'DI CYRRAEDD? YNCL LARI!

Mae Yncl Lari'n hen foi iawn, ond mae o wastad yn ploncio'i hun yn y sêt ora yn stafell fyw Nain a ddim yn symud am weddill y pnawn.

Mi ddaeth dwy chwaer Nain 'leni, er na allan nhw DDIODDA'i gilydd. Maen nhw'n cyfnewid presanta bob Dolig, ond dw'in meddwl mai esgus ydy hynny iddyn nhw gael gweld pwy all brynu'r presant gwaetha.

Ar Sul y Pasg yn nhŷ Nain mae gen ti dri dewis
i gadw dy hun yn ddiddig: isda yn y stafell fyw
yn gwylio golff ar y teledu efo'r dynion, mynd
i'r gegin i glebran efo'r merched, neu chwara
efo'r plant. Dewis anodd i rai, ella?!

Does 'na'r un o'r opsiyna yna'n apelio ata i, felly
dwi bob amser yn cloi fy hun yn y lle chwech nes ei
bod hi'n amser bwyd.

Canolbwynt Sul y Pasg ydy'r brecwast hwyr. Mi oedd y teulu cyfan yn arfer isda wrth fwrdd hir yn y stafell fwyta, ond gan fod y teulu wedi cynyddu erbyn hyn, 'dan ni'n cael ein rhannu. Mae'r oedolion yn isda wrth fwrdd y stafell fwyta, a'r plant wrth fwrdd y gegin.

Dwi'n eitha balch o'r newid, achos pan o'n ni i gyd yn isda efo'n gilydd ro'n i bob amser yn isda drws nesa i rywun oedd â LLAWER mwy o ddiddordeb yn fy mywyd i nag oedd gen i ynddyn nhw.

Pan o'n ni i gyd efo'n gilydd, roedd Mam yn fy ngorfodi i fwyta bwyd nad o'n i'n ei licio – fel ei salad tatws hi. Ella baswn i'n fodlon gwneud tasa hi'n rhoi'r gora i'w weini fo yn yr un bowlen ag y byddwn ni'n ei defnyddio pan ydan ni'n sâl.

Dw'im yn licio bwyta yn stafell fwyta Nain beth bynnag achos mae hi'n RHY ffurfiol yno, ac mae pawb yn ddiflas a di-hwyl.

Un Pasg roedd gan Dad-cu ffeuen yn hongian dan ei wefus drwy'r pryd bwyd. Roedd hynny'n ddigon digri, ond pan syrthiodd y ffeuen i mewn i'w wydryn o ddŵr fedrwn i'm peidio chwerthin.

Ro'n in meddwl y basa pawb ARALL wedi chwerthin hefyd, ond ddaru 'na neb. Sbiodd Dad yn gas arna i ac mi rois 'mhen i lawr a chanolbwyntio ar fwyta fy ham.

Byth ers hynny, bob tro mae 'na rwbath digrin digwydd yn ystod pryd bwyd yn y stafell fwyta, dwi'n trio 'ngora i beidio chwerthin. Weithia mi fydda i'n pinsio 'nghlun neu'n cnoi 'ngwefus yn galed, ond dydy HYNNY ddim yn ddigon bob tro.

Unwaith, pan wnaeth Dad-cu chwythu'r canhwylla ar ei gacen ben-blwydd, mi neidiodd ei ddannedd gosod allan o'i geg.

Mi wnes i ymdrechu mor galed i beidio chwerthin, roedd gen i ofn y basa un o 'ngwythienna in byrstio neu un o'n llygaid in neidio o 'mhen i.

Ond ar ben hynny, ro'n i NEWYDD gymryd cegiad o lefrith siocled, ac ro'n i'n trio'i gadw fo i gyd yn fy ngheg.

Mi wnes i drio meddwl am rwbath andros o drist, ond y cwbl gallwn i feddwl amdano oedd Calon yn ei siwmper fechan. A dyma fi'n cofio am Calon a Dad ac yna mi aeth petha'n ormod i mi.

O feddwl am y peth, mae'n siŵr mai dyna pam mae'r plant i gyd yn gorfod bwyta yn y gegin erbyn hyn.

Dwim yn siŵr sut maen nhw'n penderfynu pwy sy'n blentyn neu'n oedolyn, achos mae Yncl Cecil yn cael bod wrth fwrdd yr oedolion. Ydy, mae ei enw'n AWGRYMU ei fod o'n oedolyn, ond dim ond tair neu bedair oed ydy o.

Mi wnaeth Bopa Marian, modryb Mam, ei fabwysiadu fo'n ddiweddar. Rhaid ei fod o felly'n rhyw fath o ewythr i mi. Mae hynny'n gallu bod yn anodd.

Dyma'r ffordd dwi'n meddwl y dylan nhw benderfynu: os wyt ti angen cadair bŵstyr, yn y gegin y dylat ti fod yn bwyta. Ond mae Yncl Cecil yn isda yn y stafell fwyta efo'r oedolion, ac mae Rodric yn gorfod isda efo'r plant, er ei fod o bron yn ddyn.

Heddiw mi wnes i isda mor bell ag y gallwn i oddi wrth Merfyn a Myfyr, ond roedd hynny'n golygu 'mod i'n isda drws nesa i Gwenllian, fy nghyfyrder. Mae ei dant blaen hi'n rhydd ac yn sticio allan o'i cheg hi, yn barod i syrthio allan.

GWENLLÏAN

Roedd ei dant hi fel'na y tro DWYTHA y gwelis i hi hefyd, FLYNYDDOEDD yn ôl. Mae pawb yn trio'i pherswadio hi i adael iddyn nhw ei dynnu fo, ond mae hi'n gwrthod bob tro.

DWI'N DAL I FEFWL AM Y PEFF.

Pan oedd fy nant blaen 'n rhydd, roedd gen i ofn gadael i neb ei dynnu o. Mi fuodd Mam wrthi am WYTHNOSA yn trio 'mherswadio i adael iddi hi roi plwc sydyn iddo fo, ond roedd gen i ofn. Mi ddudodd y gallwn i lyncu'r dant yn fy nghwsg a bod hynny'n beth peryglus iawn.

Ond ro'n 'n gwybod nad oedd hynny'n wir, achos yr wythnos cynt roedd Mani wedi llyncu un o 'ngheir bach i ac roedd O'n dal yn fyw.

Ar ôl sbel, mae'n rhaid bod Dad wedi cael llond
bol ar y dant rhydd ac mi benderfynodd wneud
rhwbath yn ei gylch o. Dangosodd dric i mi, ac mi
glymodd ddarn o edau rownd fy nant blaen i a'r
pen arall wrth ddolen y drws. Wnes i'm dallt be
oedd yn digwydd tan ei bod hi'n rhy hwyr.

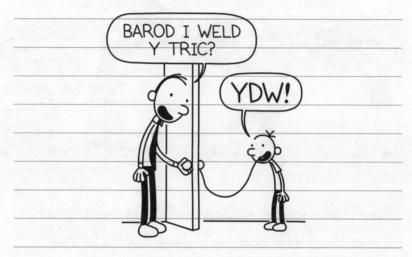

Ar ôl gwylio Gwenllïan yn chwara efo'i dant yn ôl
ac ymlaen efo'i thafod am dri chwarter awr heddiw,
es i i'r stafell fyw gan 'mod i'n gwybod bod Nain yn
cadw edau gwnïo yn fan'no.

Ond pan es i i mewn, mi ges i sioc o weld bod
hanner yr oedolion yno'n barod yn mynd drwy hen
albwms llunia Nain.

Roedd dynas deud ffortiwn Anti Audrey wedi deud wrthi bod modrwy ddiemwnt Mam-gu mewn albwm llunia, a phan glywodd gweddill yr oedolion hynny roeddan nhw wedi cynhyrfu'n lân.

Wedyn awgrymodd rhywun falla nad oedd y ddynas deud ffortiwn wedi deud bod y fodrwy, yn LLYTHRENNOL, mewn albwm llunia, felly dechreuodd pawb edrych drwy'r llunia i chwilio am unrhyw gliw. Daliodd rwbath sylw Yncl Lari.

Pwyntiodd Yncl Lari at lunia o'r Pasg llynedd. Yn
un llun roedd Mam-gu'n gwisgo'i modrwy ddiemwnt,
ac yn y llall doedd hi DDIM.

Paratoi ar gyfer yr
helfa wyau Pasg

Saws afal enwog
Mam-gu

Chymerodd hi'm yn hir i bawb ddallt i ble'r oedd
y fodrwy wedi diflannu. Mewn chwinciad chwannen
roedd pawb allan yn yr ardd yn chwilio am wyau
plastig Mam-gu.

CHWILIO
CHWILIO

Roedd pawb yn amlwg yn meddwl mai pwy bynnag fasa'n dod o hyd i'r wy lwcus fasa'n cael cadw'r fodrwy. Mi driodd Mam ddenu pawb yn ôl i'r tŷ i gael pwdin, ond heb unrhyw lwc.

Ro'n i 'chydig yn siomedig o weld pa mor farus ydy aeloda 'nheulu i, ond rhaid i mi gyfadda 'mod inna wedi cynhyrfu rhywfaint. Tra oedd pawb arall yn chwilio am yr wy yn yr ARDD, ro'n i'n chwilio YN y tŷ.

Ond pan ges i 'nal gan Mam yn chwilio drwy ddrôr dillad isa Nain, mi wnes inna sylweddoli 'mod i wedi mynd DROS BEN LLESTRI.

Dw'in meddwl bod Mam wedi cael llond bol ar bawb erbyn hynny, achos mi gyhoeddodd hi ein bod ni'n mynd adra.

Cyn belled ag y gwn i, ddaeth neb o hyd i'r fodrwy. Ond pan o'n ni'n gyrru adra o dŷ Nain roedd ambell un yn dal i chwilio.

WYT TI 'DI CHWILIO YN Y GWRYCH ACW?

Dydd Mawrth

Fel arfer, pan mae Anti Greta a'i phlant yn dod i aros, maen nhw'n aros am wythnos. Ond y tro yma, dim ond am DDAU DDIWRNOD yr arhoson nhw.

Oherwydd be ddigwyddodd neithiwr, mi gyhoeddodd Dad fod yn rhaid iddyn nhw adael. Amser swper roedd y sos coch wedi darfod, felly cododd Myfyr y ffôn a galw 999 i gwyno amdanon ni.

Mi gymerodd hi tua dwy awr i Mam a Dad esbonio'r cyfan i'r heddlu.

Ar ôl i Dad daflu Anti Greta a'i meibion allan o'r tŷ, aethon nhw i aros at Nain.

Dw i'n siŵr eu bod nhw'n eitha balch gan fod hynny'n golygu mwy o amser i chwilio am yr wy.

Ro'n i'n falch o gael fy ngwely'n ôl. Am ddwy noson ro'n i 'di gorfod cysgu ar wely aer efo pyncjar ar lawr llofft Rodric.

Doedd dim ots faint o aer ro'n i'n ei chwythu i'r gwely bob nos, erbyn y bora ro'n i'n fflat ar lawr.

CHCHCH

SSSSSSSS

Ddoe, ar ôl deffro ar lawr llofft Rodric, mi welis i rwbath o dan ei wely o wrth i mi wisgo.

Un o'r peli deud ffortiwn 'na. Mae'n rhaid bod
Rodric wedi'i chael hi'n bresant rywdro ac wedi
anghofio amdani o dan ei wely.

Ro'n i 'di cynhyrfu'n lân, achos do'n i erioed 'di
chwara efo un o'r blaen.

Mae'r bêl yn gweithio drwy ofyn cwestiwn,
ysgwyd y bêl ac wedyn darllen yr ateb mewn
ffenest fach yn y cefn.

Ro'n i'n awyddus i weld a oedd hi'n GWEITHIO,
felly mi rois i gynnig arni. Meddyliais am
gwestiwn a chanolbwyntio o ddifri, ac yna
ysgwyd y bêl yn galed.

'Chydig eiliada'n ddiweddarach, daeth yr ateb –

Rhaid i mi ddeud, ro'n i'n dechra ymddiried yn y bêl. Ond roedd angen i mi ofyn ambell gwestiwn arall i wneud yn siŵr.

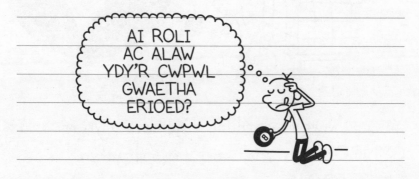

A phob tro, roedd yr ateb gan y bêl yn gywir.

Hyd yn oed pan wnes i daflu cwestiwn anodd i'r
pair, mi ges i ateb digon rhesymol.

Yna, mi wnes i sylweddoli y gallwn i ofyn am
GYNGOR gan y bêl, nid dim ond gofyn
CWESTIYNA.

Mi ddechreuis i drwy ofyn i'r bêl ddylwn i fynd am gawod ac a oedd yn rhaid i mi orffen fy mhroject ar gyfer y Ffair Wyddoniaeth. Mi atebodd y dylwn i wneud ymdrech efo fy hylendid personol, ond ro'n i wrth fy modd efo'r cyngor am y project.

Dyma be sy wedi bod ar goll o'mywyd i erioed. A rŵan bod gen i rwbath i fy helpu i wneud penderfyniada BYCHAIN, galla i ganolbwyntio ar y petha PWYSIG.

Yn yr ysgol, mi ddysgon ni fod Albert Einstein yn gwisgo'r un dillad bob dydd fel nad oedd o'n gorfod gwastraffu'i egni'n penderfynu be i'w wisgo.

A dyma'n union sut mae'r BÊL 'ma'n mynd i fy
helpu i.

A deud y gwir, ar ôl defnyddio'r bêl am ddim ond
diwrnod, dwn i ddim sut ar y ddaear y llwyddais i
erioed i fyw HEBDDI hi.

<u>Dydd Iau</u>

Ar ôl chwara efo'r bêl deud ffortiwn am 'chydig
ddyddia, dwi 'di darganfod nad ydy hi'n gweithio
ymhob sefyllfa. Ond dydw i DDIM yn barod i
roi'r ffidil yn y to. Dwi 'di trio'i defnyddio hi i fy
helpu efo 'ngwaith cartref Mathemateg, ond dydy
hi ddim yn gallu rhoi atebion penodol i mi.

Hefyd, pan wyt ti WIR angen ateb gan y bêl,
dydy hi'n ddim help o gwbl.

Heddiw, ar fy ffordd o'r ysgol, mi ruthrodd un
o hogia'r Mingos ar fy ôl i efo brigyn. Gofynnais
i'r bêl a ddylwn i redeg i ffwrdd neu gwffio, ac
ysgydwais y bêl yn galed.

Am ryw reswm, doedd y bêl ddim yn fodlon rhoi ateb call i mi.

Ond mi brofodd y bêl deud ffortiwn ei GWERTH yn nes ymlaen. Mi ddudodd Mam wrtha i 'mod i 'di bod yn treulio gormod o amser o flaen y teledu a bod angen i mi fynd allan am awyr iach.

Pan adawodd Mam y stafell gofynnais i'r bêl a ddylwn i wrando arni, ac roedd ateb y bêl mor glir â grisial.

Felly, mi es i guddio i gwpwrdd dillad Mam gan mai dyna'r lle DWYTHA y basa hi'n chwilio amdana i.

Tra o'n i'n cuddio yno, mi sylwais ar bentwr o lyfra ar y silff ucha.

Ro'n nhw'n cuddio tu ôl i focsys sgidia, felly roedd hi'n gwbl amlwg nad oedd Mam am i unrhyw un ddod o hyd iddyn nhw. I ddechra fedrwn i'm dallt pam ei bod hi'n eu cuddio nhw yn y cwpwrdd dillad yn hytrach nag ar silff lyfra arferol. Ond pan ddarllenais i'r teitla, ro'n i'n dallt.

Magu'r Genhedlaeth Nesaf

Gwlychu'r Gwely i Ddechreuwyr

RHIANTA RHAGOROL

Cytgord yn y Cartref

Magu Athrylith

DATBLYGU DARLLEN PLANT

Ffrwyno Plentyn Anystywallt

Bwyta'n Iach Trwy Dwyll

Deall Eich Plant

Iaith Arddegwyr Heddiw

Cyfrinach fawr Mam oedd y llyfra yma, rhwla y gallai hi droi ato yn y DIRGEL.

Mi ffliciais i drwy ambell lyfr, ac mi ges i agoriad llygad. Roedd un yn sôn am ddefnyddio rhwbath o'r enw "seicoleg cildroadwy".

Galli di gael dy blentyn i wneud be wyt ti isio iddyn nhw'i wneud drwy ddeud y GWRTHWYNEB wrthyn nhw. Ac ar ôl meddwl, mae Mam a Dad wedi bod yn defnyddio'r dechneg hon efo ni ers cyn cof.

Pan o'n i'n fach ro'n i'n arfer SWNIAN ar Mam a Dad i adael i mi olchi'r llestri, ond ro'n nhw wastad yn deud 'mod i'n rhy ifanc.

O'r diwedd, ar fy mhen-blwydd yn wyth oed mi ges i sychu'r llestri, ac ro'n i mor hapus â tasa rhywun wedi rhoi miliwn o bunna i mi. Rŵan dwi'n gweld mai tric oedd y cyfan, ac mae'n rhaid bod Rodric wedi syrthio i'r un trap.

Roedd 'na lyfra yno am bron bob sefyllfa y gallai rhiant orfod delio â hi wrth fagu plant. Dwi 'di bod yn meddwl o le mae Mam yn derbyn cyngor, a rŵan dwi'n gwybod.

Pan o'n i'n naw oed, mi ddes i o hyd i siani flewog yn yr ardd a'i enwi'n Sionyn. Ro'n i'n ei gadw o mewn jar fach efo tylla aer ar y caead.

Mi fyddwn i'n ei adael o allan o'r jar bob dydd er mwyn cael ymarfer corff.

Tua'r amser yma roedd Mani'n barod i ddechra cerdded, ac roedd hynny'n anffodus iawn i Sionyn y Siani Flewog.

Ro'n i 'di torri 'nghalon, a'r noson honno daeth Mam i mewn i fy llofft am sgwrs.

Mi ddudodd wrtha i am beidio â bod yn drist, roedd Sionyn wedi mynd i "Nefoedd y Siani Flewog" ac roedd hi bob amser yn braf yno a digonedd o ddail i'w bwyta. A rhaid i mi gyfadda, mi WNAETH hynny i mi deimlo'n well.

Wel, heddiw mi ddes i o hyd i'r UNION fan lle cafodd Mam y syniad.

Roedd un o'r llyfra ar y silff yn edrych fel tasa fo'n newydd, a phan afaelais i ynddo fo mi ddechreuodd LLAWER o betha wneud synnwyr.

Roedd cwpwrdd dillad Mam wedi datrys mwy o ddirgelion hefyd. Pan o'n i'n yr ysgol feithrin roedd gen i degan meddal o'r enw Mostyn oedd yn cysgu efo fi bob nos.

Yr haf hwnnw mi aethon ni am wylia, ac mi es i â Mostyn efo fi. Ond un pnawn pan ddaethon ni yn ôl i'n stafell yn y gwesty roedd Mostyn wedi MYND.

Mi ddudodd Mam bod y ddynes llnau siŵr o fod wedi mynd â Mostyn wrth newid y dillad gwely, felly aethon ni i stafell golchi dillad y gwesty rhag ofn ei fod o yn un o'r peirianna.

Ond doedd o ddim YNO chwaith. Erbyn hyn ro'n in cael sterics, felly mi ddudodd Mam wrtha i am wneud posteri i'w gosod o gwmpas y gwesty.

YDYCH CHI WEDI FY NGWELD I?

ENW: MOSTYN

MAINT: 15 MODFEDD

GWELWYD DDIWETHAF:
GWESTY GWELFOR

DYCHWELWCH I:
DDERBYNFA GWESTY
GWELFOR

Y diwrnod nesa aethon ni i'r traeth, ond fedrwn i ddim mwynhau fy hun oherwydd Mostyn.

Chwaraeodd Dad un o'r gemau ffair ac ennill tegan meddal i mi yn lle Mostyn, ond doedd o ddim yr un fath.

Roedd colli Mostyn wedi sbwylio gwylia PAWB, felly mi aethon ni adra ddiwrnod yn gynt na'r bwriad. Pan wnes i ddeffro yn fy ngwely fy hun y bora wedyn, roedd Mostyn yno'n syllu arna i.

Yn ôl Mam, mae'n rhaid fod Mostyn wedi ffendio'i ffordd yn ôl adra gan ei fod o'n fy ngharu i. Ac mi gredais i hynny am amser hir.

Ond, wedi'u cuddio y tu ôl i lyfra Mam yn y cwpwrdd roedd 'na BUMP mwnci oedd yn edrych yn UNION fatha Mostyn.

Mae'n rhaid bod Mam wedi mynd allan i brynu sawl mwnci tebyg i Mostyn pan gollais i'r un gwreiddiol.

Pwy a ŴYR pa fersiwn o Mostyn sydd ar y silff yn fy stafell i erbyn hyn.

A deud y gwir, dw i'n cofio un tro pan fu'n rhaid i Mam olchi Mostyn gan 'mod i wedi colli llefrith siocled drosto fo. Pan agorodd hi ddrws y peiriant golchi roedd o fel tasa 'na obennydd wedi ffrwydro yno.

Ond pan ddes i o'r bath y noson honno roedd Mostyn ar fy ngwely i, yn ddim gwaeth. Falla ma'r pedwerydd neu'r pumed Mostyn sy gen i, felly.

Mae hyn HEFYD yn esbonio pam mae Mani'n cysgu efo deg deinosor bob nos.

Dim ond UN deinosor o'r enw Recs oedd ganddo fo, ond mae'n rhaid bod Mani wedi darganfod cuddfan deinosoriaid Mam.

Ro'n i isio parhau i fusnesu i weld be ARALL y gallwn i ei ddarganfod, ond mi glywais i sŵn Mam yn dod i fyny'r grisia, felly roedd yn rhaid i mi ddianc.

Rŵan 'mod in gwybod am lyfra Mam, mi ddylwn i fod yn gallu cadw ar y blaen iddi. A diolch i'r bêl deud ffortiwn mae hynny.

Dydd Mawrth
Heno, mi es i chwilota yn llyfra Mam i weld a oedd yna unrhyw dricia fasa'n gweithio ar OEDOLION.

Dwi 'di bod yn swnian am ffôn symudol ers HYDOEDD, ond mae Mam bob amser yn deud bod gen i un yn BAROD. Ma hi'n sôn am y ffôn Buwch Goch Gota, yr un sy'n edrych fatha tegan ysgol feithrin.

Felly pan o'n i a Rodric yn golchi'r llestri heno mi rois i gynnig ar y busnes seicoleg cildroadwy 'na efo Mam a Dad.

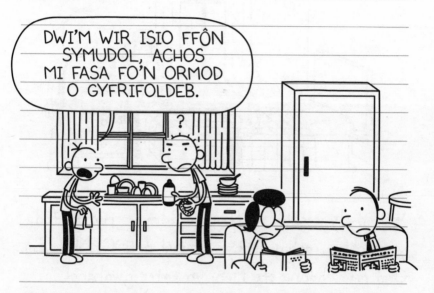

Do'n i'm yn gwybod be i'w ddisgwyl, ond mi ges i sioc pa mor gyflym y gweithiodd o. Yn syth ar ôl hynny, daeth Mam i fy stafell wely i ddeud ei bod hi 'di penderfynu cael ffôn newydd ac y baswn I'n cael yr HEN un.

Ond cyn iddi roi'r ffôn i mi, mi ddudodd fod 'na rai "rheolau". Mi ddudodd fod yn rhaid i mi rannu'r ffôn efo Mani gan ei fod o'n ei ddefnyddio i chwara gemau addysgiadol.

Mi ddudodd hefyd nad oes gen i hawl i decstio fy
ffrindia arno fo.

Wel, dydy tecstio fy ffrindia ddim yn mynd i fod
yn broblem, achos ar hyn o bryd does GEN i ddim.
Ond mae rhannu efo Mani yn fater gwahanol.

Mae Mani'n licio tynnu llunia efo ffôn Mam, ond
dwi'm isio cymysgu ei lunia FO efo fy rhai I.

FFLACH

Er hynny, ro'n i'n hynod o falch o gael fy macha
ar ffôn gall o'r diwedd.

Mi dreuliais i rywfaint yn personoli'r ffôn efo
cefndir newydd i'r sgrin a thôn ffôn bachog. Ond,
ar ganol gwneud hynny, mi ges i decst gan Nain
ac roedd hi'n amlwg mai i Mam roedd o i fod.

Tecstio efo
Mam

Allith Ffranc a'r hogia ddod draw dros y penwythnos i symud y piano?

Sori, maen nhw'n brysur y penwythnos yma.

Ar ôl sortio hynna, mi wnes i lawrlwytho ambell gêm a dechra cael hwyl.

Ond yng nghanol un gêm, mi ffoniodd Anti Veronica am sgwrs dros gamera.

Y peth DWYTHA ro'n i am ei weld oedd wyneb Anti Veronica yn y stafell molchi.

Felly, does dim syndod 'mod i wedi dychryn.

Mi achubais y ffôn allan o'r toiled a thrio popeth er mwyn ei droi o 'mlaen, ond doedd dim pwynt.

Dwi'n teimlo'n euog am ddifetha popeth, ond, er tegwch i mi, mi WNES i drio rhybuddio Mam a Dad nad o'n i'n barod am y math yna o gyfrifoldeb.

<u>Dydd Mercher</u>

Dwi 'di cael digon ar fod ag ofn bob tro dwi'n pasio coedwig y Mingos, ond dwi 'di sylwi mai pigo ar y criw sy'n cerdded adra o'r ysgol maen nhw. Y peth calla ydy oedi am rywfaint cyn mynd adra.

Felly, mae'n rhaid i mi ddod o hyd i ryw glwb neu'i gilydd er mwyn lladd amser ar ddiwedd y dydd. Mae 'na lwythi o glybia ar gyfer disgyblion, ond does gen i erioed diddordeb wedi bod tan rŵan.

Clwb Maths

Clwb Drama

Clwb Daearyddiaeth

Clwb Cerddi

Heddiw mi arhosais i ar ôl ysgol i gael gweld a oedd
'na glwb addas ar fy nghyfer i.

Roedd y Clwb Gemau Bwrdd yn swnio fel hwyl,
ond Mr Rhun sy'n ei gynnal o, a dwi 'di treulio
digon o amser yn ei gwmni o yn barod 'leni.

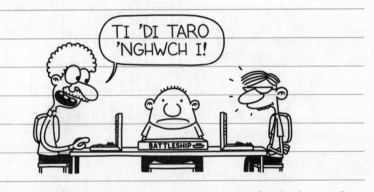

Mae 'na Glwb Ymladd â Gobennydd hefyd, ond
wrth sbio drwy wydr y drws ro'n i'n gallu gweld
nad oedd o at fy nant i.

Mae 'na rai clybia digon RHYFEDD yn cael eu cynnal, fatha'r Clwb Cwtsh Mawr sydd newydd gychwyn yn ddiweddar.

TI'N EDRYCH FEL TASAT TI'N CAEL DIWRNOD GWAEL!

Ro'n i'n cael trafferth dewis, felly mi ofynnais i i'r bêl deud ffortiwn. Mi gerddais i at bob drws lle roedd un o'r clybia'n cyfarfod ac ysgwyd y bêl i gael gweld efo pa un y dylwn i ymuno.

168

Mi ges i sawl "Na" ac ambell "Gofyn Eto Mewn Munud", ond fe ges i "Ie, yn bendant" pan o'n i'n sefyll y tu allan i ddrws Clwb y Blwyddlyfr.

Mi gerddais i mewn, ac roedd hi'n edrych fel tasa'r aeloda i gyd yng nghanol cyfarfod pwyllgor.

Mi sefais i yn y cefn nes i'r cyfarfod ddod i ben, a wedyn es i at Betsi Brooks, y golygydd, i ofyn faswn i'n cael ymuno.

Mi ddudodd hi fod y blwyddlyfr bron â chael ei gwblhau, ond eu bod nhw angen mwy o lunia ar gyfer y dudalen "Am Syrpréis!" Wedyn mi ddudodd hi fod yr ysgol yn fodlon talu pumpunt am bob llun yn y blwyddlyfr terfynol.

Felly os galla i wneud pres AC osgoi'r Mingos yr un pryd, dwi ar fy ennill ddwywaith.

Heddiw oedd fy niwrnod cynta i yn ffotograffydd swyddogol y blwyddlyfr, a doedd o ddim mor hawdd ag o'n i 'di ddisgwyl. Ro'n i isio tynnu llunia da, ond dydy disgyblion yr ysgol yma ddim yn gwneud petha DIFYR.

Ro'n i'n trio gwneud fy swydd o dynnu llunia a bod yn ddisgybl llawn amser HEFYD, a doedd hynny ddim yn hawdd.

Ro'n i'n gobeithio y basa 'na rywun yn gwneud rwbath gwirion ac y baswn i'n llwyddo i dynnu'r llun. Ond roedd pawb yn bihafio'n wych heddiw am ryw reswm. Ro'n i'n YSU am gael llun arall o Tomi Antur a'i ben yn sownd mewn cadair.

Roedd 'na lun ohono fo'n gwneud hynny ym mlwyddlyfr LLYNEDD, a tasa fo'n gwneud hynny eto ro'n i isio bod yn barod. Dw i'n gwybod nad ydy ffotograffydd i fod i ddylanwadu ar neb, ond roedd hi'n werth PLANNU'r syniad ym mhen Tomi.

Pan wyt ti'n gweld llun mewn blwyddlyfr neu gylchgrawn, mae 'na sylw o dano fo bob amser.

Felly pan es i i argraffu fy llunia ar ddiwedd y dydd, mi sgwennais i bwt bach i fynd efo bob un er mwyn i Betsi ddallt.

Dwi'n siŵr bod balog Dewi Prys ar agor.

Penbyliaid ar y bws.

Trefor Wilson yn gadael y toiledau heb olchi'i ddwylo.

Caradog Morris yn cael gwaedlyn eto fyth.

Y peth gora am lunia heddiw ydy eu bod nhw i gyd yn ddigidol, felly os nad wyt tin licio rwbath am y llun mi alli di ei addasu fo ar y cyfrifiadur.

Mi dynnais i ambell lun amser cinio lle roedd llygaid y person ar gau, a fasa'r llunia rheinyn DDA I DDIM heb fedru eu golygu nhw.

Mae ar bob blwyddlyfr angen 'chydig o hiwmor,
felly mi wnes i olygu ambell un i'w gwneud nhw'n
ddigri. Gobeithio na fydd Mr Blakey yn mynd yn
flin pan welith o hwn.

Mae bod yn ffotograffydd swyddogol y blwyddlyfr
yn rhoi llawer o BŴER i ti.

Dwi'n cael penderfynu pwy sy'n cael mynd i'r blwyddlyfr a phwy sydd DDIM. Ac os oes 'na rywun dwi'm yn ei LICIO, mi alla i ddial arnyn nhw.

Mi dynnais i lun o Llŷr Ffransis ar ôl ysgol, ac wrth chwara efo fo ar y cyfrifiadur mi wnes i leihau'i ben o 75%. Dwi wir yn gobeithio na sylwith y golygyddion. A bydd y diolch i gyd i'r bêl deud ffortiwn.

Dydd Llun

Dros y penwythnos mi ges i gyfle eto i fynd i chwilota drwy gwpwrdd dillad Mam, ac mi ddes i o hyd i fy hen Siwt Swatio tu ôl i'w sgidia gaea hi.

Fedrwn im CREDU'r peth. Dwi 'di bod yn chwilio amdani ers misoedd, ac roedd hi yng nghwpwrdd dillad Mam drwy'r amser.

Mi ges i'r Siwt Swatio'n bresant Dolig llynedd gan Mam a Dad. Pan welis i'r bocs, rhaid i mi gyfadda nad o'n i'n teimlo'n gyffrous iawn.

Ond mi newidiodd hynny yr eiliad y gwisgais i hi. Mae pwy bynnag a ddyfeisiodd y Siwt Swatio'n ATHRYLITH.

Os wyt ti erioed wedi gwylio'r teledu efo blanced wedi'i lapio o dy gwmpas di ac isio estyn diod neu'r teclyn newid sianel, rwyt ti felly wedi gorfod tynnu'r flanced er mwyn rhyddhau dy ddwylo.

Wel, mae'r Siwt Swatio'n DATRYS y broblem yn llwyr. Mae hi fel blanced arferol efo breichia a choesa ac mae 'na FENIG hefyd. Felly mi alli di estyn petha heb oeri dy groen.

Mae'r siwt wedi'i gwneud o wlanen, felly mae hi'n teimlo fatha tasa ti yn dy wely drwy'r amser.

Mi gafodd RODRIC Siwt Swatio hefyd, a dwi'n meddwl ei fod O'n ei licio hi'n fwy nag o'n I. A deud y gwir, ar ôl i Rodric wisgo'i un o am y tro cynta, ddaru o mo'i thynnu hi am bump diwrnod.

Dwi'n meddwl y basa fo wedi ei gwisgo hi am byth tasa Mam heb fynnu'i fod o'n cael cawod.

Dim ond yn ei wely neu ar y soffa roedd Rodric yn arfer cysgu, ond unwaith y cafodd o'r Siwt Swatio roedd o'n syrthio i gysgu yn unrhyw le.

Ddudodd Mam a Dad ddim byd ar y dechra, ond dwi'n meddwl yr es i a Rodric â phetha'n rhy bell, ac mi ddiflannodd ein Siwtiau Swatio ni yn fuan ar ôl hynny.

Pan ddes i o hyd i fy Siwt Swatio eto, do'n im yn gwybod be i'w WNEUD.

Taswn i 'di dechra cerdded o gwmpas y tŷ ynddi, mi fasa Mam yn gwybod 'mod i 'di bod yn ei chwpwrdd dillad hi. Yr unig le i'w gwisgo hi oedd yn fy ngwely ond doedd dim pwrpas i hynny.

Ond fora heddiw pan o'n in paratoi i fynd i'r ysgol mi ges i syniad.

Taswn in gwisgo'r Siwt Swatio o DAN fy nillad ysgol fasa neb ddim callach. Ac mi fasa isda yn y dosbarth fatha bod yn fy NGWELY.

AAAAAA!

Ond bechod na faswn i 'di meddwl 'chydig mwy. Falla bod y Siwt Swatio'n gyfforddus wrth wylio'r teledu adra, ond roedd cerdded i'r YSGOL yn fater hollol wahanol.

Mae coesa'r Siwt Swatio'n fyr iawn, felly rwyt ti'n edrych fatha pengwin wrth gerdded.

Fedrwn i'm agor fy locer oherwydd y menig, ac roedd trio gwneud naid seren yn y wers Add Gorff yn AMHOSIB.

Hefyd, anfantais arall ydy bod gwlanen yn ddefnydd POETH.

Ar ôl y wers Add Gorff roedd gwaelodion y Siwt Swatio'n fôr o chwys, ac ro'n i'n gwybod y basa'n rhaid i mi ei thynnu hi.

Ond pan wnes i drio TYNNU'r Siwt Swatio mi dorrodd y sip.

Ddylat ti BYTH ymddiried yn unrhyw beth sy'n cael ei hysbysebu ar y teledu.

Mi wnes i 'ngora i drio ysgwyd fy hun allan ohoni hi drwy wthio 'mreichia drwy dwll y pen, ond fedrwn im cael fy mhenelinia allan.

Mi es i banig y baswn in berwi i farwolaeth, achos ron in sownd ac yn chwysu chwartia.

Ar ôl 'chydig funuda o anadlu'n ddwfn ro'n i wedi tawelu. Dim ond dwy wers oedd ar ôl ac wedyn mi allwn i dorri fy hun yn rhydd o'r siwt ar ôl cyrraedd adra.

Y wers ola oedd Add Gref, ac roedd 'na brawf. Do'n i heb baratoi o GWBWL, felly ro'n in falch mai cywir neu anghywir oedd ateb pob cwestiwn.

Achos dyna'n UNION mae'r bêl deud ffortiwn yn gallu'i wneud.

Pan ddechreuodd y prawf mi estynnais y bêl o 'mag a mynd drwy'r cwestiyna fesul un. Ro'n i'n amheus o ambell ateb, ond roedd y bêl wedi bod yn help garw i mi hyd yn HYN ac felly doedd dim rheswm dros amau'r atebion.

Ond roedd y dull yma'n cymryd LLAWER o amser. Roedd rhai o'r plant yn cyflwyno'u prawf i'r athrawes a do'n i ddim hanner ffordd.

Dechreuais i boeni na faswn i'n gorffen cyn diwedd y wers, a doedd y bêl deud ffortiwn ddim yn BIHAFIO'i hun yn iawn.

Mi wnes i ysgwyd y bêl yn fwy ffyrnig er mwyn cael yr atebion, a dyna pryd y llithrodd hi o 'nwylo i.

Trawodd y bêl y llawr yn galed, a chyn i mi fedru'i chodi hi mi rowliodd hi at DRAED Mrs Meurig.

Yna mi ganodd y gloch, ac ar ôl ffarwelio â phawb arall mi aeth Mrs Meurig â fi i swyddfa Mr Roy y Dirprwy. Mi ddudodd Mrs Meurig wrtho ei bod hi wedi 'nal i'n defnyddio "twyll-ddyfais dechnolegol o'r radd flaenaf" yn ystod y prawf.

Dwi'm yn meddwl fod Mr Roy y Dirprwy'n dallt yn llwyr, ond mi wrandawodd yn ofalus ar gŵyn Mrs Meurig. Mi ffoniodd o MAM, ac o fewn deg munud roedd hi yn y swyddfa.

Chwara teg i Mam, mi gadwodd hi 'nghefn i. Mi
esboniodd mai "tegan bach digon diniwed" oedd y
bêl deud ffortiwn ac nad oedd POSIB ei defnyddio
hi i dwyllo.

Ro'n i bron â thorri ar draws Mam a deud wrthi
am beidio ag amharchu'r bêl deud ffortiwn drwy ei
galw hi'n degan, ond mi gaeais i 'ngheg. Hefyd,
doedd Mam ddim 'di deud dim byd am y Siwt
Swatio eto a do'n im isio'i gwylltio hi.

Ro'n in meddwl y basa Mr Roy, y Dirprwy,
yn gadael i mi fynd, ond wedyn mi gliciodd ar
fy ffeil i ar ei gyfrifiadur. Mi ddudodd o fod
fy ngradda i wedi gostwng ym mhob pwnc yn
ddiweddar. Wedyn mi ddudodd o nad o'n i wedi
cyflwyno gwaith cartref ers tair wythnos.

Wel, falla bod hynny'n wir, ond ers i Ffregli daflu fy llyfra i mae hi wedi bod fymryn yn anodd gwneud gwaith cartref.

Wedyn mi chwalodd Mr Roy, y Dirprwy, fy myd i. Os na fydd fy ngradda 'n codi yn ystod yr wythnosa nesa mi ddudodd y bydd yn rhaid i mi ddod i'r ysgol dros WYLIAU'R HAF.

Ro'n i 'di DYCHRYN. Dwi 'di clywed sïon am yr ysgol haf, a dwi wir ddim isio gorfod mynychu.

Yn un peth, dwi'n gwybod eu bod nhw'n diffodd y system awyru yn ystod yr haf i arbed pres.

Mae'r gwersi'n fwy fel ataliad nag ysgol, ac nid yr athrawon arferol sy'n dysgu. A deud y gwir, dwi 'di clywed mai'r athro Cymraeg ydy'r GOFALWR.

Dwim yn gwybod ai trio fy nychryn i oedd bwriad Mr Roy y Dirprwy, ond mi LWYDDODD. Achos mae meddwl am dreulio fy ngwylia haf efo Mr Meeks yn ddigon i wneud i mi drio 'ngora glas dros yr wythnosa nesa.

<u>Dydd Iau</u>

Dwim wir yn dallt sut mae 'ngradda i wedi dirywio cymaint, achos mi ddechreuodd y flwyddyn yn eitha DA. Yn ystod y tymor cynta mi ges i As a Bs ar fy adroddiad, ac mi aeth Mam â fi i gael hufen iâ mawr i ddathlu fy llwyddiant.

Mi gafodd RODRIC ddod hefyd rywsut, er bod ei adroddiad o'n un gwael.

Y cwbl ddaru hynny ei ddangos i mi ydy gall rhywun diog gael ei wobrwyo ar draul rhywun arall.

Dwi'n gwybod nad fi ydy'r disgybl disgleiriaf, ond dwi erioed wedi gorfod poeni am fynd i Ysgol HAF o'r blaen.

Felly yr wythnos yma, dwi 'di bod yn gwneud popeth o fewn fy ngallu i reoli'r sefyllfa. Mae Mam wedi cael gafael ar hen werslyfra, a dwi 'di bod yn dal i fyny efo gwaith bob nos.

Ond DOES 'na'm gwaith cartref yn rhai o'r pyncia. Cerdd er enghraifft; y broblem yn y gwersi ydy nad ydw i'n cymryd rhan. Does 'na'r un o'r hogia'n gwneud a deud y gwir. Mae Mrs Norton yn dod reit i'n hwyneba ni yn y gwersi i drio'n cael ni i ganu.

CALON LÂN
YN LLAWN DAIONI,
TECACH YW ...!

Os mai Mr Meeks ydy'r athro Cymraeg yn yr Ysgol Haf, does gen i ddim ffydd yn y gwersi Cerdd.

Mi benderfynais mai fi fyddai disgybl gora Mrs Norton o HEDDIW 'mlaen.

Felly, pan alwodd hi fy enw ar ddechra'r wers, mi godais ar fy nhraed a chanu cân dwi 'di bod yn ei hymarfer adra.

191

Mi ddisgwyliodd Mrs Norton i mi orffen, ac mi esboniodd nad gofyn i mi GANU ddaru hi, ond ateb y gofrestr.

Drwy'r wythnos, mae Mam wedi bod yn fy helpu i gwblhau'r gwaith cartref, ond mae hi'n deud y bydd yn rhaid i mi gwblhau project y Ffair Wyddoniaeth ar fy mhen fy HUN. Dydy hynny ddim yn deg, achos dwi'n anobeithiol yn Gwyddoniaeth.

Ar gyfer y Ffair Wyddoniaeth LLYNEDD, f'arbrawf i oedd metamorffosis. Mi gasglais i ddwsin neu fwy o lindys, eu gosod nhw mewn bocs llawn dail ac yna mi ffurfiodd bob un gocŵn.

Fy nghynllun oedd agor y bocs ar yr UNION adeg ro'n nhw'n troi'n bilipalod, nes bod y beirniaid yn gegrwth.

Mi weithiais i'n galed ar y project, a'i gyflwyno ddiwrnod yn gynnar. Ond mi adawais y bocs efo'r lindys ar y gwresogydd yn y labordy Gwyddoniaeth, a dyna'u diwedd nhw – yn anffodus.

Amser egwyl heddiw, ro'n i yn y llyfrgell yn trio meddwl am syniada ar gyfer y project pan ddaeth Betsi Brookes i mewn i ddeud bod y pwyllgor blwyddlyfr isio fy help i.

Roedd pleidleisiau'r disgyblion wedi'u cyfri, ac roedd angen i mi dynnu llun y buddugwyr.

Wnes i'm trafferthu pleidleisio 'leni, felly do'n i'm yn siŵr pwy oedd wedi cael eu henwebu. Ond pan ddechreuodd yr enillwyr gyrraedd, roedd hi'n hawdd gweld pwy oedd wedi ennill pa wobr.

Doedd 'na'm syndod pwy oedd wedi ennill rhai o'r gwobrau. Bedwyr ab Aled oedd â'r Gwallt Gorau, Casi Glyn oedd y Mwyaf Talentog, a Jenna Stewart oedd y Mwyaf Ffasiynol.

Yr UNIG syrpréis oedd Liam Nelson, enillydd y Mwyaf Golygus. Ond mae Liam ar bwyllgor y blwyddlyfr ac yn gyfrifol am gyfri'r pleidleisia, felly mae 'na ryw ddrwg yn y caws yn rhwla.

Pan gerddodd Ffregli drwy'r drws, ro'n i mewn penbleth. Yr unig gategori ro'n in meddwl y galla fo fod wedi'i ennill oedd Clown y Dosbarth, ond ro'n i newydd dynnu llun Deio Mathonwy.

FFLACH

Felly mi edrychais i ar y rhestr roedd Betsi wedi'i rhoi i mi a darganfod bod Ffregli wedi ennill gwobr y MWYAF POBLOGAIDD. Ond ddylwn i ddim â synnu gan ystyried y digwyddiada diweddar.

Roedd croen fy nhin i ar fy nhalcen i cyn i'r ddau ola gyrraedd i gael tynnu eu llun.

Mi edrychais eto ar y rhestr a phan welais i enwau'r ddau, ro'n i'n teimlo fel cyfogi.

Cwpwl Mwyaf Ciwt	Roli Jefferson ac Alaw Brown

Dwi 'di gorfod gwneud sawl peth annymunol yn fy mywyd, ond DIM BYD gwaeth na'r hyn y bu'n rhaid i mi'i wneud heddiw, coelia di fi.

Ar ôl hynny mi wnes i ymddiswyddo fel ffotograffydd swyddogol a dychwelyd y camera. Dim ond hyn a hyn y gall rhywun ei ddiodda.

<u>Dydd Llun</u>
Mae petha wir wedi gwaethygu i mi ers gollwng y bêl deud ffortiwn yng ngwers Mrs Meurig.

Ar ôl i Mr Roy, y Dirprwy, ei dychwelyd hi i mi, mi sylwais ei bod hi'n ysgafnach o lawer. Mae'n rhaid bod y bêl wedi cracio wrth syrthio ar y llawr a bod yr hylif glas oedd ynddi wedi llifo allan. Ac mae hynny'n golygu ei bod hi'n hollol DDIWERTH rŵan.

RATLO
RATLO

<u>Mi daflais i hi dros ffens gardd Nain ar y ffordd</u> adra o'r ysgol y diwrnod hwnnw. Ond dwi 'di gweld ei cholli hi'n ddiweddar, achos dwi 'di gorfod gwneud penderfyniada anodd IAWN.

Mi lwyddais i orffen fy holl waith cartref, ond mae project y Ffair Wyddoniaeth i fod i gael ei gyflwyno ddydd Iau, a dwi'n dal heb feddwl am SYNIAD.

Dyna pam y gwnes i feddwl am Eric Gwyn. Dwi 'di clywed y gall o gael gafael ar hen broject neu draethawd i ti am bris, a falla y galla fo ddod o hyd i broject Ffair Gwyddoniaeth i mi.

Ond, do'n im yn siŵr o'n i isio dechra cymysgu efo rhywun fel Eric. Dyma'r math o benderfyniad y basa'r bêl deud ffortiwn wedi'i wneud drosta i fel arfer, ond heddiw ro'n i ar fy mhen fy hun.

Ond doedd gen i fawr o ddewis, felly amser egwyl mi es i chwilio am Eric y tu ôl i'r ysgol ac egluro'r sefyllfa iddo fo.

Mi ddudodd Eric y galla fo fy helpu i. Mi roddodd gnoc fach ddirgel ar ddrws cyfagos oedd heb ddolen arni. Agorodd y drws o'r tu mewn.

Mi gymerodd funud neu ddwy i fy llygaid i gynefino efo'r tywyllwch. Rhyw fath o storfa oedd y stafell, ac roedd 'na hanner dwsin o blant o gwmpas bwrdd yn llawn pentyrra o bapur.

Ar y bwrdd roedd 'na hen adroddiada a phapura prawf Hanes a phetha felly.

Y person oedd yn ymddangos fel mai fo oedd yn gyfrifol oedd Daron Dafis. Mae o ym Mlwyddyn 8 am y drydedd flwyddyn yn olynol. Dw'in ama'i fod o 'di methu pob prawf ac arholiad diwedd blwyddyn ar BWRPAS fel nad ydy o'n gorfod gwneud TGAU.

Mi ddudodd Eric wrth Daron 'mod i angen project Ffair Gwyddoniaeth, ac mi hebryngodd fi i ran o'r stafell lle roedd llond SILFFOEDD o hen brojectau.

Cyn belled ag y gwelwn i, os oedd y project yn un da, roedd o'n costio mwy.

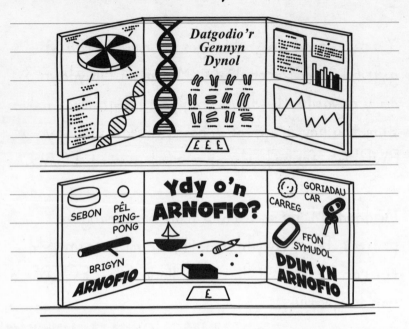

Roedd un o'r projectau'n gyfarwydd rywsut, a phan edrychais i'n fanylach ro'n i'n gwybod pam. Project Ffair Gwyddoniaeth RODRIC pan oedd O ym Mlwyddyn 8 oedd o.

Dw i'n cofio Rodric yn gweithio arno. Ei syniad o oedd gweld a oedd gwahanol fathau o gerddoriaeth yn effeithio ar gyflymder twf planhigion.

Felly mi osododd o bot bloda ym mhob man yn y tŷ
lle roedd 'na gerddoriaeth.

Mi wywodd y bloda i gyd o fewn pythefnos, ac
roedd Rodric yn grediniol mai cerddoriaeth oedd yn
gyfrifol. Ond esboniodd Mam mai Rodric oedd heb
eu DYFRIO nhw o gwbl.

Mae'n rhaid bod yr ysgol yn cadw hen brojectau'r Ffair Wyddoniaeth yn y stordy, waeth pa mor dda ydyn nhw.

Dwi'm yn siŵr ai gweld hen broject Rodric wnaeth i mi ddechra ailfeddwl am hyn. Dwi'n ama bod Daron ac Eric wedi dechra synhwyro 'mod i'n cael traed oer, achos mi ddechreuon nhw roi pwysa arna i i wneud penderfyniad.

Mi ddudis i wrth Daron nad oedd gen i bres ac y baswn i'n dod yn ôl yfory.

204

Rhoddodd Eric orchymyn i mi wagio 'mhocedi o'i flaen i BROFI hynny, a dyna pryd y sylwais i fod y drws dal ar agor cyn gwibio drwyddo fo.

Dwi'm yn siŵr ydw i cweit yn barod i gymysgu efo Daron Dafis ac Eric Gwyn a'u tebyg, achos unwaith rwyt ti'n cymryd y cam cynta does 'na ddim troi'n ôl.

Dydd Mercher

Wel, DYMA newyddion nad o'n i'n ei ddisgwyl. Lai nag wythnos ar ôl ennill gwobr y Cwpwl Mwyaf Ciwt, mae 'na sôn fod Roli ac Alaw wedi gorffen.

Dwi 'di clywed fod Alaw yn mynd allan efo'i hen gariad, Meic Samson, ac mae pobl yn deud mai'r unig reswm roedd hi'n mynd allan efo Roli oedd er mwyn gwneud Meic yn genfigennus.

Ac mi <u>WEITHIODD</u>. Ond, daeth Roli i wybod y gwir mewn ffordd greulon iawn.

Ond does gen im amser i deimlo bechod dros Roli, achos mae gen i 'mhroblema fy HUN.

Ddoe mi wnes i aros ar ôl ysgol am yr ail ddiwrnod yn olynol i ymchwilio ar gyfer project y Ffair Wyddoniaeth sy'n digwydd fory.

Gyda llaw, dwi'n falch iawn na wnes i ddewis prynu project gan Daron Dafis, achos mae 'na rywun wedi achwyn ac mi gawson nhw i gyd eu dal heddiw yn y stordy gan griw o athrawon.

Mae'r rheiny gafodd eu dal ar ataliad ar ôl ysgol am weddill y flwyddyn, a dwi'n siŵr y byddan nhw'n gorfod mynychu'r Ysgol Haf hefyd.

Mae gen i gyfle o hyd i OSGOI mynd i'r Ysgol Haf, a dwi'n gobeithio i'r nefoedd y LLWYDDA i, achos dwim isio gorfod syllu ar gefn chwyslyd Daron Dafis drwy'r haf.

Dydd Iau
Mi weithias i ar broject y Ffair Wyddoniaeth tan 11:30 neithiwr. Dwim yn honni am eiliad y bydd o'n ennill Gwobr Nobel na dim byd felly, ond ro'n 'n falch 'mod i wedi llwyddo i'w GWBLHAU o.

Dw'in meddwl bod Mam yn falch hefyd. Ond ar ôl i mi orffen, mi edrychodd hi ar feini prawf Mrs Abbington, ac yno mewn prif lythrenna trwm roedd o'n nodi y dylai'r cyflwyniad fod wedi'i DEIPIO.

Mi ddudodd Mam wrtha i am beidio â chwyno ac i fynd ati i ddechra teipio'r gwaith.

Ond ro'n i'n hollol flinedig ac wedi defnyddio fy HOLL egni, felly mi ddudis i wrth Mam y baswn i'n codi'n gynt na'r arfer i gwblhau'r gwaith fore heddiw.

Mi osodais i fy larwm i ganu am 6 o'r gloch,
ond roedd hi'n 8:10 pan ddeffrais i. Ro'n i wedi
cynhyrfu'n lân achos do'n i'm yn cofio 'mod i 'di
pwyso'r botwm "snooze" UNWAITH.

Ro'n i mewn trwbwl — dim ond ugain munud oedd
gen i cyn gadael am yr ysgol a doedd 'na ddim
GOBAITH teipio'r gwaith cyn hynny.

Ond pan es i lawr i'r gegin, yno ar y bwrdd
roedd project y Ffair Wyddoniaeth a'r cyflwyniad
wedi'i DEIPIO'n daclus.

Am eiliad ro'n i'n meddwl bod Tylwyth Teg y Ffair Wyddoniaeth wedi galw dros nos ac wedi taflu llwch hudol dros y gwaith, ond wedyn mi wawriodd arna i mai MAM oedd wedi bod wrthi.

Mi es i fyny i'w stafell wely hi i ddiolch iddi, ond roedd hi'n cysgu'n sownd.

Mi gyflwynais i 'mhroject Ffair Gwyddoniaeth yn ystod yr ail wers, a theimlo pwysa ANFERTHOL yn codi oddi ar f'ysgwydda i. Ac mi wnes i wir FWYNHAU gweddill y diwrnod yn yr ysgol.

Ond doedd Roli ddim yn cael diwrnod da.

Amser egwyl roedd o'n crwydro'n ddigyfeiriad o gwmpas yr iard a golwg bell yn ei lygaid o, ac mi welais i o yn ymyl y man Dwisho Ffrind.

Doedd hynny ddim yn arwydd da – ddim yn arwydd da o gwbl, a dweud y gwir.

Wrth feddwl mwy am hyn, dwi'n meddwl mai peth da ydy'r ffaith nad ydw i a Rol'n ffrindia beth bynnag. Mae 'na ryw helynt byth a hefyd yn achosi i ni ffraeo, felly digon ydy digon.

Ond roedd gwylio Roli'n chwara drafftiau efo Mr
Rhun ar y fainc yn gwneud i mi deimlo'n euog.
Do'n im yn gallu penderfynu be i'w wneud ynghylch
Roli, felly mi es i chwilio am ateb yn yr unig le
dibynadwy.

Ar y ffordd adra o'r ysgol, mi stopiais i yn nhŷ
Nain i weld fedrwn i ddod o hyd i'r bêl deud
ffortiwn yn yr ardd. Ro'n in gwybod ei bod hi 'di
torri, ond ro'n in hyderus y baswn in cael un ateb
call arall ganddi.

Mi gymerodd sbel, ond des i o hyd iddi yn ymyl
pentwr o goed tân.

Ro'n in barod i ganolbwyntio'n galed a gofyn fy
nghwestiwn pan sylwais i ar rwbath gwyrdd yn
disgleirio yng nghanol y coed tân.

Mi anghofiais i am y bêl deud ffortiwn ac estyn yr wy plastig.

Mi ysgydwais rywfaint arno fo, a phan glywais i'r sŵn ro'n i'n gwybod yn UNION be oedd tu mewn.

Fedrwn i'm coelio fod y bêl deud ffortiwn wedi fy arwain i at fodrwy ddiemwnt Mam-gu. Mae'n rhaid ei bod hi'n teimlo bod arni FFAFR i mi ar ôl pob dim sy 'di digwydd yn ddiweddar.

Unwaith ro'n i'n gwybod bod modrwy Mam-gu gen i, rhuthrodd MILIYNA o syniada drwy 'mhen i, a'r rhan fwya yn ymwneud â pheiriant hedfan personol.

Ond ro'n i'n cofio be ddudodd Mam fasa'n digwydd tasa rhywun yn dod o hyd i'r fodrwy. Ac er y gallwn i ei gwerthu hi am bris go lew, mi fasa hynny'n achosi i'r teulu ffraeo am byth.

Mi afaelais i yn yr wy a'i guddio mewn man lle na fydd neb yn dod o hyd iddo, am sbel o leia. Ond os bydd hi'n dlawd arna i unrhyw bryd dwi'n gwybod y galla i ddod o hyd i ffortiwn fach rhwng Mostyn pedwar a Mostyn pump.

<u>Dydd Llun</u>
Falla bod y bêl deud ffortiwn yn dda am wneud
penderfyniada bychain, ond rhaid i mi fy hun
wneud y penderfyniada MAWR.

Felly amser cinio heddiw mi es i isda i gefn y ciw
lle roedd Roli ar ei ben ei hun a gofyn iddo fo
fasa fo'n licio bwyta'i ginio efo FI. O fewn pum
eiliad, roedd pob dim fatha roeddan nhw ers
talwm.

Falla bod Mam yn iawn pan mae hi'n deud bod
ffrindia'n mynd a dod ond bod teulu yno am byth.

Ond dydy'r teulu byth yna pan mae Mecli Mingo'n
rhedeg ar dy ôl di efo'i felt ar y ffordd adra o'r
ysgol.

Dwi'n siŵr y bydda i a Roli'n cael andros o ffrae arall yn y dyfodol ac y byddwn ni'n mynd drwy bantomeim fel hyn eto. Ond am rŵan, mae popeth yn iawn.

Hyd nes bydd y BLWYDDLYFR yn cael ei ddosbarthu. Ond mi wna i ddelio efo HYNNY pan fydd rhaid.

Cwpwl Mwyaf Ciwt
Roli ac Alaw

DIOLCHIADAU

Diolch i holl gefnogwyr gwych *Dyddiadur Dripsyn* ar draws y byd sy'n gwneud ysgrifennu'r llyfrau yma'n gymaint o bleser. Diolch am f'ysbrydoli ac am roi'r fath hwb i mi.

Diolch i 'nheulu am flynyddoedd o gefnogaeth a chariad. Rwy'n ffodus iawn i'ch cael chi yn fy mywyd.

Diolch i bawb yn Abrams am gyhoeddi fy ngwaith i ac am fod mor ofalus wrth greu llyfrau mor wych. Diolch i'm golygydd Charlie Kochman am y fath ymroddiad ac angerdd. Diolch i Michael Jacobs am helpu Greg Heffley i gyrraedd yr uchelderau. Diolch i Jason Wells, Veronica Wasserman, Scott Auerbach, Jen Graham, Chad W. Beckerman, a Susan Van Metre am eich gwaith a'ch cyfeillgarwch.

Diolch i bawb yn Poptropica, yn enwedig Jess Braillier, am eich cred fod plant yn haeddu darllen straeon gwych.

Diolch i Sylvie Rabineau, fy asiant anhygoel, am y fath arweiniad. Diolch i Brad Simpson a Nina Jacobson am ddod â Greg Heffley'n fyw ar y sgrin, a diolch i Roland Poindexter, Ralph Millero, a Vanessa Morrison am helpu i ddod â Greg Heffley'n fyw mewn ffordd newydd.

Diolch i Shaelyn Germain ac Anna Cesary am weithio gyda fi drwy wallgofrwydd llu o ymdrechion.

MWY AM YR AWDUR

Jeff Kinney yw awdur mwyaf poblogaidd y *New York Times* ac enillydd y gwobr yr Hoff Awdur yn y Kids' Choice Award ar Nickelodeon ar chwe achlysur am ei lyfrau yng nghyfres *Dyddiadur Dripsyn*. Yng nghylchgrawn *Time*, mae Jeff yn cael ei gydnabod fel un o'r 100 person mwyaf dylanwadol yn y byd. Fe hefyd ddatblygodd Poptropica, a wneud ymhlith y 50 gargantuan orau gan *Time*. Treuliodd ei blentyndod yn ardal Washington D.C. gan symud i New England yn 1995. Mae Jeff yn byw yn Massachusetts gyda'i wraig a'u dau fab ac yn rhedeg siop lyfrau, The Untold Story.